「ねね、夏っぽいこ
なんだろ?」
夏の夜。パジャマ姿のまま、
遊具が少しだけある
小さな公園に辿り着いた。

「どーん！」
「これ、涼しくて夏にぴったりなんです」
こいろのパジャマファッションショー！

「どうどう？
可愛いですよね？」

わたしが横になり、
眠りに落ちそうになったときのこと。
ぎゅっ、と後ろから抱き締められた。
根来学道
これまで勉強ばかりで、
自分のことをつまらないと
思っている高校生。
こいろとの出会いをきっかけに、
そんな自分を変えたいと
思っている。
真倉こいろ
パジャマ姿で夏休みを
エンジョイする、
ポジティブ引きこもりの高校生。
学道を部屋に引き込んで、
一緒に遊ぼうと
誘ってくる。

無防備かわいいパジャマ姿の美少女と部屋で二人きり 1

叶田キズ

HJ文庫
1142

口絵・本文イラスト　ただのゆきこ

CONTENTS

❶サボリ魔との遭遇

「これは先生からお願いする、初めてのおつかいです」

冷房の効いた職員室。

俺——根来学道の目の前に座る女教師、熊田さとみは、ふんわりとした笑みでそう言った。

「いや、おつかいって歳じゃないですが……」

俺がぼやくも、熊田先生は目を細めた優しい笑顔を崩さない。逆にそれが妙な圧を発揮している気さえする。

「先生からしたら、みんなまだまだ我が子同然のおチビちゃんですよー？」

「はぁ……」

「ちょっと根来くん、ちゃんとツッコんで！　先生まだそんな歳じゃないでしょ！　僕からしたら全然、お姉さんと言ってもおかしくないくらい！　まだまだお若いじゃないですか！　って」

「待てまて、難しいむずかしい」

素人にそんな高度なツッコミを要求しないでほしい。というか、芸人でもそこまで気を利かせた返しは難しいだろ。

実際、熊田先生は今年三一歳と聞いており、我が校の教師陣の中では若い方だ。加えて、おっとりとした柔和な垂れ目が特徴的な、幼げな顔つき。身長が低いことも相まって、女子たちからは「さとくまちゃん」と呼ばれ可愛がら――親しまれている。

「まだまだね、根来くん。レディの扱いを学んでいただかないと」

俺のクラス、一年三組の担任なのだが、これまでこうして一対一で話す機会はほぼなかった。もしかしたらちょっと癖のあるお姉さまだったのかもしれない。

「で、おつかいってなんすか？　こんな日に呼び出して……」

俺は話を戻すようにそう返事をした。これ以上面倒な脱線は避けたい。ただでさえ、放課後に呼び出され帰るのが遅れている。それに今日は一学期の終業式、夏休み始まりの日なのだ。

……まぁ、どうせ夏期講習と塾に通うだけの、代わり映えもしない毎日が続くだけなんだが。

「そうそう、それです。えーと根来くん、夏休み、補習というのがあるのは知ってるかし

ら？」

「補習？」

「はい。根来くんが受ける予定の夏期講習と違い、一学期の単位が取れなかった生徒が受ける授業です」

ふむふむ。縁遠い話ではあるが、意味はわかる。

「成績の悪かった奴が受けるペナルティですね」

「ペナルティ……というより、なんとか二学期へ進んでもらうための救済措置と言った方が正しいかしら」

「なるほど。学校側も優しいんですね」

「そう簡単に大切な生徒を、切り捨てごめん、とはしないです」

軽く笑って、熊田先生は続ける。

「それでね、その補習期間の間、提出が必要な課題を、きっと補習にも出てこないであろう一人のサボり魔に届けてほしいの。夏期講習の帰りに持っていってあげて？　お家の場所は教えます。課題を届け、なんとしても提出させること。これが根来くんへの、私からのミッションよ」

「なんで俺がそんなおつかいしないといけないんすか！」

しかも、なんかめんどくさそうな予感がぷんぷんするぞ……。

そして、そんな俺の主張に、熊田先生はにやりと不敵に口角を上げた。いつもふわふわ緩い雰囲気の印象の熊田先生だが……珍しい表情だ。怖いんだが――と思っていたら、

「さっきも言ったけれど、根来くんは私に借りがあること、覚えているわよね」

そうなのだ。そもそも俺は、一つの「借り」をちらつかされ、今日ここに呼び出されていた。

普通に脅迫されていた。

ヒューマンエラー。

それはどうしても起こり得る、起こってしまうものだと思う。重大なものでは情報漏洩や医療ミス、建設ミス。バイトの誤発注や、単純な入力ミスまで。この国のどこかで、今も起こっているだろう何かのミスは、挙げていったらきりがない。

仕方ない。だって人間だもの。

だけどどうして、俺はこんなうっかりミスをしてしまったのか。

「根来くんの〇点のテスト、助けてあげたのは私です」

期末テスト、とある科目で俺は答案用紙に自分の名前を書き忘れてしまった。

前日、夜遅くまで、俺はテスト勉強よりも難しい大学入試の問題に取り組んでいた。多

少寝不足だった自覚はある。ただ、そのコンディションでも、一年一学期の期末テストくらい余裕だと考えていた。

気の緩み？　緊張感の欠如？　もしくは寝不足からの注意散漫？

きっとそんな理由が重なったのだと思う。本来一〇〇点のはずの答案には、〇が一つしか書かれておらず、空欄になっていた名前欄に、一〇〇点分の✔がつけられていた。ルール上、名前の書き忘れは通常〇点として扱われるらしい。そりゃそうだろう。入試本番で同じような失敗をしたら許されない可能性も十分ある。

けどまぁ、今回はたかが定期テストである。温情くらいあるだろう。

そう高を括っていた俺だったが……名前を書き忘れたテストの科目が悪かった。

運悪く、それは熊田先生の担当する国語のテストだったのだ。

『仕方ないですね、根来くん。名前の書き忘れは、こっそり内緒でなかったことにしておきます。貸し一、だよ？』

こうして先生の優しさから〇点は許してもらえたのだが、それは先生の策略で、このように今絡まれているという結果になってしまった。

このあと、塾の自習室に行く予定なのだが……。

「……無視して帰ったら？」

「ダメに決まってます」

「その補習の課題とやらを、俺が全部解いて提出したら？」

「国語の期末テストが赤点になるので、夏休み補習の案内状を差し上げることになるわ」

「……今更（いまさら）そんなことできるんすか？」

「国語の成績を管理しているのは私だし、根来くんの担任でもあるから。期末テストの結果修正まではできなくとも、通期の成績への反映は可能ね。また、元々〇点だった事実があったとして、補習参加を義務づけるくらいはできるかしら。……でも、そもそもそこまでさせないで。私への恩を忘れたの？」

　確かに、助けてもらったことは事実なのだが……。

「もしかして、このおつかいをやらせることまで想定して、あのとき貸しを作ってました？」

「えー、どうでしょうー」

　わざととぼけたようなフリをしつつ、

「でも、根来くんだからお願いしてるというのはあります」

　そう続けて、小さく口角を上げてみせてくる。

　他の奴だったら〇点は〇点のまま？　もしくは、軽い注意で済まされるのだろうか。どちらにせよ、なんで俺だけ……？

「大丈夫、そこまで大変なおつかいじゃないし。あ、ちょっとその子の様子も見てきて教えてほしいのだけど」

「じゃあ先生が直接行けばいいじゃないですか」

「私はいろいろ仕事があるから。部活の顧問もやっていて、夏休みも忙しい。そんなに難しく考えないでいいの。ほら、小学校のときなかった？　学校からの帰り道、お休みしている友達のお家に、先生から頼まれてその日のプリントを届けにいく、みたいな」

「いや、それとこれとは話が別だろ。明らかに、その休んでる生徒が一筋縄でいかない臭がぷんぷんしてる」

これまで学校に通ってこなかったサボり魔だと、先程先生自身が口にしていた。そんな奴に課題を届け……しかも提出までさせなければならないとは。難易度がかなり高そうである。

「そもそも受け取ってもらえなかったら？」

俺は続けて訊ねてみた。

「そこをなんとかするのが根来くんのミッションです」

丸投げだった。ため息をつきそうになる。

「根来くんは、夏休み、忙しいの？」

「そうですね。夏期講習と塾で」

「やっぱり勉強ですか。さすが根来くん、優秀ゆうしゅう。……勉強、好きですか？」

丸い瞳でまじまじと俺を見ながら、熊田先生が訊ねてくる。その何気ない言葉に、トクンと心臓が跳ねた。

「別に、好きではないですが」

「……じゃあ、他に趣味はある？　いつかクラスの自己紹介のとき、テレビとか雑誌とか全然見ないって言ってましたよね？　そのときから気になっていたの。ゲームとか、読書とか、アイドルの隠れファンだったりとかは……？」

「いえ、ないですね。全然。基本勉強してるので」

俺が答えると、熊田先生はふっとかすかな笑みを浮かべた。

「このミッションは、きっとあなたのためにもなる」

「……どういう意味すか？」

そんな俺の疑問を無視して、熊田先生は自分のデスクの引き出しを開け、一枚のメモを取り出した。

「最後に一つ、根来くんに朗報です」

「おい、最後にすんな。……朗報？」

なんだろう、今までのマイナスを挽回できるほどいい知らせだろうか。……ジャンボ宝くじくらい当たってくれないと割に合わないぞ。

「はい、これ、お届け先です」

熊田先生が細い指で、俺に紙を渡してくる。準備のいいこと。そこには課題のお届け先らしき住所が書かれていた。

……で、朗報って？

思いながら、その紙を眺めていたのだが——次の瞬間、思わず「え……」と声を漏らした。

「……女子、っすか？」

紙の下の部分に、真倉こいろ、というお届け先の相手の名前が書かれていたのだ。

「はい、ですです」

熊田先生が、自信満々といったような顔で頷いてくる。

「……俺でいいんすか？」

「あらー、嬉しくないです？　仲よくなれるチャンスかもしれませんよ？」

今度は不思議そうな顔で首を傾げた。

嬉しい、なんて思う奴もいるのだろう。だがしかし、普段からあまり女子とかかわりがない俺にとっては、単なる緊張の種にしかならない。朗報どころか悲報。誤報であってほしい。

え……女子と何喋ればいいの？

いやいや、ダメだ、やはり断ろう。そう俺が考えていたときだった。

「根来くん。これはキミにしか頼めないことなの。本当に、よろしくお願いします」

急に、熊田先生が、俺に向かって頭を下げてきた。

教師が生徒に、なぜここまで？　それに、どうして俺に……？

疑問は次から次へと湧き上がるが、熊田先生がさらに深く頭を下げてきて、俺はただその形のいいつむじを見つめながら何も言えず息を呑んだ。

……そもそも、借りがあるのだ。しかも、もしこれを放棄して、本当に名前の書き忘れを成績に反映されたら余計に面倒でもある。

だいたい、ここまでされたら断りにくいじゃないか……。

別に会話なんていらないんだ。課題を確実に渡し、提出するようにしっかり念を押す。

それだけでいい。

ただただ任務を遂行する。

「さらに吉報、こいろちゃんはなんと一人暮らしです。いくら課題をさせるためだからって、お家にあがりこんで夜の勉強会までは先生許しませんからねー」

無言の俺の反応を見るように、ちょこっと顔を上げてこちらを窺った熊田先生が言う。

おい、教師！　生徒に対してその発言は大丈夫なのか？　幼げな顔つきながら、中身は親父じゃねぇか。

こうして二人で話してみて見える担任教師の新しい顔だった。知りたくなかった……。

俺が若干引いているのがわかってか、熊田先生はこほこほとわざとらしい咳払いをする。

「それじゃあ、明日からお願いしますね！　根来くん」

最終的に、仕方なく頷いて、俺は職員室を後にした。

*

翌日の夏期講習のあと、約束通り（半ば無理やり）俺は職員室へと呼び出され、おつかいで届ける補習プリントを渡された。

「暑い……」

真倉こいろの住所、改めて確認をすると、学校から塾へ向かうのと反対方向なんだが……。

目にかかる前髪を首を揺らして払い、ポケットから取り出したスマホで時刻を確認する。

午前一〇時半、じりじりと強くなりつつある日差しに晒されながら、俺はとぼとぼと歩き始めた。

お盆休みまでの間、平日は毎日行われる夏期講習は、通常授業での一時間目、二時間目までの時間帯で終了する。自由参加になっており、集まっているのは真面目な奴らばかりである。ただ、やっている内容は一学期の復習的な内容ばかりで、俺からするとかなりもの足りない。

わざわざ出席する必要もないんだが……。

ではなぜ朝から学校に足を運んでいるのかといえば、塾の自習室が一〇時からしか開かないからである。それまでの時間を潰さなければならず、授業中に内職で自分の勉強ができることも踏まえ、俺は夏期講習への参加を決めていた。

朝、家にいると、いろいろうるさいからな――。

しかし結局、授業が終わってもすぐに自習室へ向かえないという状況だ。

「……とにかく、さっさと行って終わらせよう」

そんなことをぐるぐる考えながら俺は歩いていった。

今から遊びにいくのだろう賑やかな小学生たちとすれ違い、シャッターの閉まったクリーニング屋の角を左に曲がる。街路樹から降ってくるセミの声が、超音波のように耳の奥で反響する。

日光に熱せられ干物気分を味わいながら、一〇分。

ようやく俺は、件のサボり魔が住むというアパートの前に辿り着いた。

二階建てで部屋が横に四つ並ぶ古びた外観だ。膝の高さほどの石看板に『道草荘』と書かれている。屋根つきの自転車置き場が備えつけられており、赤く綺麗な自転車が一台停まる横で、錆びて動くかもわからない自転車が壁に寄りかかっていた。かろうじて屋根の下という位置に、円柱型の灰皿がぽつんと立っている。

先生からもらったメモにある部屋番号によれば、階段をのぼって一番奥の角部屋がサボり魔のすみからしい。俺はアパートの外でおもむろに腕を組み、その部屋の扉を眺める。

さて、まったく、どうしてくれようか。

——最初、なんて話しかければいいんだ？

なぜだろう、下腹の辺りが無性にざわざわする。

「ま、まぁ、得体のしれない奴を相手するんだからな。緊張して当然だろ」

俺はそう呟き、一人頷く。

真倉は一年二組だそうで、三組の俺とは隣同士の教室にいたことになる。しかし、学校にはあまり登校していなかったと聞く。つまり、すれ違ったことも顔を見たこともないのだろう。

不登校ってことは、引きこもりの可能性もあるのか……？

全くイメージのできない相手と、これから会うのだ。そんなの緊張して当たり前だ。

……決して、断じて、相手が女子だからそわそわしてるとかじゃない。

無意識に前髪を整えていた手を下ろし、俺はふぅと肩を落とした。

とにかく、早く終わらせて自習室へ行こう。

俺は腹を括り、早足でアパートの薄い鉄板の階段をタンタンタンとのぼっていった。

真倉の部屋の前。ネームプレートはかかっていない。躊躇ってはダメだ。勢いそのまま俺は指を伸ばし、インターホンのボタンを押した。

「…………はい」

少し待っていると、カメラのない古いタイプのインターホンから、警戒心の溢れる女子の声が聞こえてきた。

「あの……夏休みの補習の課題、届けにきたんだが……。あ、一年三組の根来学道です」

なんとかそれだけ言い切って、俺は返事を待つ。

「……置いといてください」

「え……」

一瞬、何を言われたのかわからなかった。

いやいや、そんな宅配便の置き配のように扱われても……。

持ってきたのはプリントだ。普通に置いておくと風で飛んでいってしまうかもしれないし、ドアに備えつけられている郵便受けに入れておいても面倒で受け取られない可能性がある。熊田先生からの条件は課題を届け、なんとしても提出させること、だ。

「すまん。会って渡さないといけないんだ。いろいろ説明もあるし」

俺がそう返事をすると、

「ちょ、ちょっと待ってください」

そんな慌てた声がして、ブッと通話が途切れた。どうやら出てきてくれるらしい。

よかった。俺はほっとしながら、一歩後ろに下がり待機して――。

……それから、一〇分が経過した。

「…………えー」

俺は開かない扉を見つめながら、驚きと呆れと戸惑いの混ざるなんとも言えない声を漏らした。

何これ、いつの間に放置プレイが始まっていたのだろう。残念ながら俺はこれをご褒美と呼べるような域には達していない。そんな気は全く持ち合わせていない。

――この時間、英単語三〇個は覚えられたぞ。

そう無意識に考えていたときだ。

ぎいっと蝶番の錆びた音と共に、扉がそろりと開かれた。


「――えっ」


思わず声を漏らしてしまったのは、俺の方だった。

外の光を浴びてキラキラと粒子を散らす、さらさらの髪。前髪の奥から現れた、ぱっちりとした二重の目。そして、胸に小さなひまわりの刺繍がある真っ白なブラウス。

現れた彼女は、俺の想像――暗い引きこもりの女子像――とはかけ離れた、とんでもない美少女だった。

「お待たせしてごめんなさい。課題、届けてくれてありがとうございます」

俺が思わず呆気に取られている間、彼女はきょとんと不思議そうに首を傾げながら、毛先に明るいグラデーションの入った黒髪を耳にかけた。小さく口を開く。

「えと……課題、どれですか？」

「あ、ああ」

その声に、俺は慌てて鞄（かばん）からプリントを挟（はさ）んだファイルを取り出す。

「ま、真倉こいろさん？」

「はい、そうです。……わたしのこと、知ってる？」

小首を傾げ、真倉はじっとこちらを見つめてくる。

「いや、隣（となり）のクラスらしいけど、はじめまして、だな」

俺がそう答えると、真倉はふわっと表情を緩め、「そっか、だよねだよねー」と口にした。

それから俺が取り出したファイルを受け取り、

「ありがとう、根来学道くん！」

そうにっこりと笑い、一礼。部屋へと下がる。

鮮烈（せんれつ）、という言葉がしっくりくる笑顔だった。

「あ……」

急なとびきりの笑顔と、予想外に名前を呼ばれたことに俺はぽかんとしてしまう。

そんな俺の前で、バタンと扉が閉まった。

……課題の説明、できなかった。

というかむこうも、課題の内容全然確認しなかったな……。

なんとかギリギリ名前だけは確認できたが、真倉こいろ、なんなんだ……。

俺の頭に残ったのは、彼女の不思議な印象と、目に焼きついて離れないパーフェクトな笑顔だけだった。まるで一瞬で、その場に大輪のひまわりが咲き誇ったかのような。

「……塾、行かないと」

しばらく不審者チックに他人の家の前に立ち尽くしていた俺は、ようやく我に返り、踵を返して歩きだしたのだった。

❷魅惑の堕落

真倉こいろはすごい。

次の日も、その次の日も、彼女は寸分たがわない笑顔を見せてくれた。まるで俺がきたのを喜んでいると錯覚させるような、完璧な笑顔。課題が手元に届くのが嬉しいはずないのにな……。

俺は、決してその笑顔を期待しているわけじゃないが、夏期講習終わり、塾の自習室へ向かう前に彼女の家へワンクッション挟む生活を続けていた。

『こいろちゃんは元気そうですか？　あの子、可愛いでしょ。話してみるときっと楽しいわよ』

熊田先生から課題のプリントを受け取る際、そんな余計なお世話なセリフを言われたこともあった。

別にほぼ見ず知らずの女子と話すことなんて……、と最初は思っていたが、

『今日もわざわざありがとうございます！　お待たせしてごめんなさい！』

『……課題、どうだ？』

『あ、あー、順調じゅんちょうです。あははは』

『めちゃめちゃ目が泳いでるぞ。……問題が難しいのか？』

『やー、それもありますが。ただまぁちょっと、気分が乗らないというかですね。今夏休みだよ？　補習って何？　って感じなのです』

『あー、まぁ、わからないことはないが。休みなのに休めないとはこれいかにって感じか』

『でしょでしょ！　学道くんもわかってますね！』

――意外にも、そのくらいは会話をするようになっていた。

というか、真倉の方から先導して会話を進めてくれている感じである。

やっぱり、真倉こいろはすごい。コミュ力高め。

そして、彼女は少し不思議な女の子でもあった。

俺は大抵、ほぼ他人の状態からいきなり下の名前を呼んでくる相手には、本能的に距離を置いてしまうのだが、真倉に対してはその感覚がなかった。むしろ、引き寄せられるような。自分が受け入れられているとわかり、安心してその場にいられるような、そんな気分にさせられるのだ。

ちなみに、部屋から姿を見せる彼女は、いつもよそ行きのような完璧キラキラモードだった。服装も部屋着ではなく、ばっちりおしゃれに決まっている。

ここまでくると、なぜこんな子が学校に行かず、ペナルティの補習もサボっているのか。家でいったい何をしているのか。疑問がいくつも湧きだしては脳に滞留していく。

ただ、中でも一つ、目下気になることがあった。

次の日も、その次の日も、俺は課題を届けにいく度に、一〇分ほど部屋の前で待たされたのだ。

なぜだ。何か準備でもしているのか？

夏本番、日々上昇を続ける気温の中、一〇分じっとしているのは正直きつい。

ドアに顔を近づけ耳を澄ましてみると、中からどたどたと何やら暴れるような謎の音が聞こえてきたのだが、パッと見は俺の方が怪しすぎるので、じっくりドアに耳をつけて彼女の様子を探ることはできなかった。

＊

土日を挟んで、月曜日。真倉の家への訪問は五回目だ。

太陽はどんどん調子を上げてきており、今日も屋外は灼熱地獄。早く涼しい塾の自習室に入って冷たいお茶でも飲みたい。

――また自習室、か。

先週、真倉に課題を届けた俺は、そのあと毎日、塾の自習室に足を運んでいた。この夏休みは大学の入試過去問を解けるだけ解こうという計画だ。わからない部分を炙（あぶ）り出し、徹底的（てっていてき）に対策をしていく。

夕方になればコンビニで軽くパンを買ってかじって、夜はそのまま塾で講師の授業を受けるというスケジュール。

――毎日変わらないな……。

そんなことをぼんやり考えながら、俺は今日もアパートの前に辿り着いた。

「おっとぉ！　すいません！」

階段をのぼっていると、二階の角から勢いよく飛び出してきた人物とぶつかりそうになった。宅配便のユニフォームを着た二〇代くらいのお兄さんは、俺に軽く謝（あやま）りながら階段を駆（か）け下りていく。二階の廊下（ろうか）に入ってみれば、真倉の部屋の前に大きめの段ボールの荷物が置かれていて、置き配を頼んだのだとわかった。

事件が起こったのは、そのときだった。

俺の視界の中で、真倉の部屋の扉が動いたのだ。細い金属音を上げながら、そろーっと開きだす。

俺はついぐっと目を細める。

えっ――。

そして、思わず声を漏らしてしまいそうになった。

真倉が扉から首を覗かせた――が、その顔が見えなかった。ふわふわとウェーブがかった髪が、横顔を覆っていたのだ。寝ぐせだろうか、みょんと少し跳ねているところもある。

目にもかかっていそうな髪の隙間の視界で、荷物を確認したのか、小柄な身体が玄関から出てきた。

ＴＨＥ　パジャマ、だった。テロテロとした、レーヨン生地っぽい紺色のセットアップ。白い小さなハート模様が入っている。

真倉は大きな荷物に手を伸ばし持ち上げようとして……持ち上がらず、今度はしゃがみこんで腰から抱え上げようとして……立ち上がれず、結局半ば床を引きずるようにして、荷物を取りこんでいく。

なんだか見てはいけないものを見ているような気分だった。

そして玄関に荷物を運び入れる際、扉をお尻で押さえようとして、彼女の身体がこちらに向いた。

「――ひゃっ」

　俺を見つけ、真倉はびくぅっと肩を跳ね上げて叫んだ。

「よ、よぉ」

「な、なな、なんでっ⁉」

　真倉はすぐさま玄関に身を引っこめた。それから、扉が荷物に支えられてできた隙間から、ぴょこんと顔だけ出してくる。前髪を、手で必死に整えている。

「なな、なんでも何も、課題持ってきたら、たまたま――」

　俺の方もなぜか慌ててしまい、急いで鞄から課題のプリントを取り出す。恐るおそる差し出せば、おっかなびっくりの指先がぷるぷる震えながらプリントの端をつまんできた。

「あ、ありがと」

　言って、課題を受け取った真倉は部屋の中に下がろうとする。

　そんな彼女に、俺は咄嗟に思ったことを口にした。

「わ、わざわざ準備しなくても、そのパジャマ姿でいいのに」

　今思えば、毎度待たされる謎の一〇分は、彼女の準備時間だったのだろう。ずっと部屋にいるのに、あのよそ行きの格好は普通に考えればおかしい。

「え……」

真倉のぱっちりとした瞳が、動揺に揺れる。

「あ、いや、面倒じゃないかなって思って」

わざわざ着替えて出てくるという時点で、真倉がこの格好を人に見られたくないことは、明白である。そうであれば、彼女が完璧モードを選んで出てくることを尊重するべきなのかもしれない。

事故とはいえ、なんだか申し訳ない気持ちも湧いてくる。

そう俺が考えていたときだった。真倉の呟くような声が耳に届いた。

「ほ、本当にこの格好でいいんですか……？」

それはどこか恐々とした口調だった。

「え、あ、ああ……」

「ほ、ほんとに？」

俺が答えると、被せるように真倉が訊いてくる。身体が少し、前のめりに玄関から出てきた。

「あ、ああ。ど、どうしたんだ？」

俺が訊き返すと、真倉はどこかどぎまぎと俺から視線を外す。

「や、あの、こんなふうなサボりきった、可愛くない感じでいいのかなって……」

そう、歯切れが悪そうに言って、それから上目遣い（うわめづか）で再びちらりと窺ってきた。

この場面のこの問いに正解があるのか、考えるも答えは出なかった。ただ自分の意見を述べるだけの回答を、俺（おれ）は口にする。

「別に、お前がどんな格好しようがお前の勝手だろ？　なんでこっちのこと気にするんだよ」

その俺の返事に、真倉はまた目を丸くする驚いた表情を見せた。

そして数秒後……。

なぜか、彼女はふふっと呼気を揺らし、嬉しそうな笑顔（えがお）を咲かせたのだ。

「ありがと、学道（まなみち）くん！」

「……なぜ俺は礼を言われた？」

「ふふふ、秘密！」

なんなんだ。よくわからない。真倉はまだ楽しそうに笑っている。

あの答えで、よかったのだろうか……。

とにかく俺はそろそろこの話題を変えたくて、別の話を振る（ふ）ことにした。

「で、お前、今日こそ課題はやったのか？」

そう俺が訊ねると、

「……では！　今日はこの辺でー」

と、真倉が部屋に戻ろうとする。

「おいおいおい、待てまてまて」

俺は慌てて閉じられかけた扉に足を挟んだ。

熊田先生からのおつかいには、課題を提出するところまでが含まれている。それが達成できなかったところでどうなるかは知らないが、一応、声をかけるとすれば今だと感じた
――のだが、痛いいたいいたいいたいいたい！

真倉は俺の足もろともぐいぐい扉を閉めようとしてくる。

「わかりました学道くん、話し合いましょう。話し合いたいので一旦ぜひこの扉を閉めていいですか！」

「おかしい！　話し合うなら開けろ！　ていうか、痛いいたい。話し合いを求める奴の言動じゃない！」

ドアに挟まれつつそう答え、俺が真倉の顔を見ようとしたときだ。明るい室内の様子が視界の隅に入ってきた。

つい、見てしまう。

１Ｋというのだろうか。キッチンつきの短い廊下の先に開いた扉があり、その奥が部屋

になっている。

　畳張りの床の上に、白色のラグマットを敷いた室内。そこにはゲーム画面が点いたテレビ、人をダメにする系のビーズクッション、その下には、多数の漫画とゲームのコントローラー？　が散見される。脇に置かれたローテーブルには、ジュースとチョコ菓子。

「……あれはなんだ？」

　俺は顎で室内を示しながら、真倉にそう訊ねる。

　真倉も一旦静かになって、俺の視線の先を追った。

「あー、えーっと…………最強の布陣？」

　少し落ち着いたからか、チャラチャラーチャラチャラーという音楽がリピートされていることに気づく。どうやらゲームのＢＧＭらしい。

「最強の布陣って……。お前、補習サボって夏休みめちゃめちゃ楽しんでんじゃねぇか」

　サボるにしても、まさかその時間、ここまで満喫しようとしていたとは……。

　これを見られたくなくて、必死にドアを閉めようとしていたのか？

「やー、バレてしまったら仕方ないですね。そう。わたし、決めてたんです。今年の夏休みは絶対パジャマ姿でエンジョイしてやるって。最高じゃないですか？　毎日家でパジャマ。どこにも行かず、ぐーたら天国生活。ゲームやってー、漫画読んでー、ゲーム実況動画でも見てー、好きなことし放題。いきなり補習があるなんて言われても困っちゃいますよね」

　開き直ったように、にやりと笑う真倉。

　正直、イメージが変わった。パジャマではない私服姿の方の真倉からは、どこか清楚というか、しっかりした雰囲気が漂っていたからだ。それが、ぐーたらって……。まぁ、それが本来の彼女なのだろうし、だからどうということもないのだが。

　真倉はもう扉を閉める力を緩めていた。俺は勝手に閉まってくる扉を支えながら、狭い玄関と外廊下の間に立つようにして真倉と話す。

「……出席日数、足りなかったんだろ？」

「あー、ちっとサボりすぎちゃったみたいですねぇ。やははは」

「やはははって……」

　そのあっけらかんとした口調に、俺は思わず驚いてしまう。

　そんなに軽く、学校をサボっていいものなのか？

　授業中いくら内職をしても、俺はこれまで学校の授業をサボったことは一度もなかった。肝が据わっているというか、なんというか、すごい……。

「熊田先生に何か言われたんですか？」

俺が少々考えこんでいると、真倉が俺の顔を覗きこんでくる。

「別に、何かってわけじゃないけど……」

そこで、俺はこれまでの経緯を真倉に話した。ようやく話すことができた。

夏期講習終わりに課題を届け、提出させるおつかいをしていること。この課題が、真倉にとっても救済措置になっていること。ちょっと様子を見てきてほしいとも言われていること。

「なるほど……。それでわざわざ、毎日通ってくれてたんですね！　ご迷惑をおかけしました。きっと先生、わたしが引きこもって精神病んでないか心配してるんだな」

「病んでるどころか逆に、だけどな」

俺はもう一度、真倉の言う『最強の布陣』の方を見やる。

「……先生に言いますか？」

真倉が一瞬、こちらの顔を窺うような表情を見せた。部屋の中でエンジョイしてましたと報告されると、補習をサボるなと先生に連れ出される可能性を危惧しているのだろうか。

「……別に、言わないぞ。わざわざ夏休みまで学校行く意味ないしな。あんなつまらない場所……」

俺だって、好きで通っているわけではない。意味がないと思いながらも他にどうしようもなく、どうすればいいかわからず、どうすることもできず、とりあえずうんざりする暑さの中、毎日足を運んでいる。

　俺のその返事に、真倉は顔をぱあっと明るくした。

「わかってますね！　学道くん」

　そう言って、しかしすぐに不思議そうに小首を傾げる。

「でも、学校はつまらないのに、勉強は得意なんですね」

　俺は「ん？」と眉をひそめた。

「勉強が得意？」

「あれ、違いましたか？　もらった課題にですね、先生から、わからないところは学道くんが教えてくれるってメモがあったから。学道くんは学年一位の天才だからって」

　なるほど。俺の知らないところでそんなやり取りが行われていたらしい。

「勉強、好きなんですね！　すごいです、尊敬です！」

「いや、別に……」

　答えながら、俺は視線をやや斜め下に落とす。つい最近、熊田先生からも同じことを言われたのを思い出す。

「好きではないけど……」

その返事に、真倉が怪訝そうな顔を俺に向けてくる。

「好きじゃないいんですか？」

「まぁ……」

「じゃあなんで、そんなに勉強頑張ってるんですか？」

「特に理由は……。学生が勉強するのは普通だろ？」

「でも一位は、普通の人より頑張らないと取れないと思います」

「そんなことは……」

「あ！　将来なりたいものがあるとか？」

「……いや」

とりあえず勉強しておけば将来的に有利だろう、なんて、普段よくする適当な誤魔化しは、真倉相手だと余計に追及されそうでできなかった。

ではいったい、俺はどうして勉強しているのか……？

なんとなく真倉の顔が見られなくて、俺は視線をさらに下へ落としてしまっていた。

ただ、彼女に見られているのは感じる。

何か考えていたのかしばし間が空いてから、

「そっかー！」

そう声を伸ばして、真倉がぱんと手を鳴らした。

「じゃあ学道くんもさ、学校、つまらないならいいんじゃないですか？　補習？　夏期講習？　行かなくて。わたしがぐーたらの極意、教えてあげましょうか？」

「ぐーたらの極意……」

俺がすぐに否定しなかったからだろう。真倉はにやりと不敵な笑みを浮かべた。

「ねぇ、学道くん」

そして俺の目の前、首を軽く傾げた上目遣いで、その魅惑の言葉を口にしたのだ。

――一緒に堕落しよ？

俺は返事ができず、固まってしまった。

堕落。

なぜだろう。マイナスな印象しかないはずのその単語が、今は魅惑の響きを持って聞こえたのだ。

なんとなく、俺は彼女のことが気になり始めていた。あっけらかんと補習をサボり、ゲームをしている女の子。ぐーたら堕落生活を送ってみせると豪語する彼女は、不登校らしいのにとてもキラキラ輝いてみえる。

　その姿が、自分とは真逆に思えた。

『学校、つまらないならいいんじゃないですか？　行かなくて』

　そう、真倉はとても軽い調子で言ってのけた。だけどそれで、このなんの意味もない毎日が、少しでも変わるのなら――。

「どうするかい？」

　真倉が訊ねてくる。

「……堕落って？」

　逡巡ののち、恐るおそるといった調子で返した俺に、

「うむ、よいでしょう！　明日から、わたしの家にきてください。学道くんなら……歓迎だよ！」

　真倉は大仰に頷いてみせた。

　いったいいつ、どこで、何を気に入られたのか。まさか女子の家に招待されることになるとは。

「課題もやるんだぞ？」

「はい！　まぁ、退学はまずいからね。あ、わからないところはいろいろ教えてね」

　真倉も、退学だけは避けたいらしい。散々サボっておいて、とは思うのだが、彼女にも彼女なりの事情があるのだろう。

「お前、俺を家に入れるのそっちが目的じゃないのか？」

「ぎくっ⁉」

「ぎくって声に出す奴初めて会ったぞ……」

「まぁ、お互い何かを教えるわけだし、おあいこです」

「確かに、そうなるのか……？」

　教えてもらうのがぐーたらの極意というのもどうなのだろう。教われるものなのか？

　俺が疑問に思っていると、胸元に白い手が差し出された。

「わたしたちはわたしたちのやり方で、この夏休みを誰よりも満喫する。満喫してやる。約束です」

「あ、ああ……」

　俺はおっかなびっくりその手を取る。小さい。柔らかい。あと、ちょっと冷たい。

　俺のその反応に、真倉は「へへへ」と楽しそうに笑った。

「よろしくね、学道くん」

こうして俺と、まだ謎だらけの女子、真倉こいろの二人の夏休みが始まった。

❸初めてのゲーム

「根来くんがグレてしまった⁉」

そんな熊田先生の動揺めいた声が職員室に響き渡り、俺は思わず身を縮こませた。

「ちょっと勉強ができすぎて、それをこじらせちゃってるだけだと思っていたのに。とうとう道を踏み外したいお年頃になってしまったの⁉」

中々酷い言われようだ。

職員室には数人だが他の教師もおり、ちろちろとこちらに視線が向けられているのがわかる。とにかく声のボリュームを落としてほしく、「お、落ち着いてください」と俺は慌てて口にする。

『今日から夏期講習に出ません』

俺がそう伝えたときの、熊田先生の反応がこれだった。

「いや、違いますちがいます。……数日受けてみて、ちょっと授業のレベルが合わないなと。それで、家とか塾の自習室で勉強しようかなと思いまして……。あ、真倉に届けるプリントは取りにきますので」

咄嗟にそう、俺は嘘をついた。真倉の家で一緒に堕落？　するなんて、口が裂けても言えない。グレてしまったわけではないと思うのだが……まぁグレーゾーンだ。

先生はじっと俺の表情を窺ってくる。

「……こいろちゃんとは、何か話しました？」

「はい、まぁ」

「前にも聞きましたが、元気そうでした？　あの子、明るいでしょ。話しやすかった？」

元気かと訊かれれば、元気だ。ダラダラして元気を有り余らせているくらいだろう。ただ、気のせいかもしれないが、その明るさにはどこか演技めいたものを感じた。あのタメ口と敬語がごちゃ混ぜになった話し方は、彼女のデフォルトなのだろうか。

それに、真倉はそんな近況を報告されないか不安がっていた。ならば、ここでは伝えない方がいいはずだ。

「話はしましたが、元気かどうかまでは……。毎日パジャマですごしてるみたいっすよ」

俺のその言葉に、なぜか熊田先生は不思議そうに目をぱちぱちと瞬かせた。

「パジャマ、ですか？」

「えっ、あ、はい」

「……そうですか。へー、ほー、ふーん。なるほどなるほど。それを知れたのか……」

熊田先生は何やら察したような呟き声を漏らしたあと、にやにやと笑いながら俺の顔を見てくる。いったいなんなんだ？

俺が訝しげに目を細めていると、熊田先生が続ける。

「あ、根来くん、家で課題をやるって言ってましたが、その家ってもしかしてこいろちゃんのお家？」

ドクン、と心臓が跳ねる。

いやいや、冷静になれ。別にやましいことをしているわけじゃない。

ただ、熊田先生がちょっと、変な勘繰りを入れてくるだけ……。

そう考える俺の前で、案の定、熊田先生の顔のにやにやが加速していた。どうやら俺の僅かな表情の変化から、質問の答えを見抜かれたらしい。

「そうですかそうですかー。予想通り、いや、想像よりも随分仲よくなってるみたいですねー。まさかまさか。いやー、何よりなにより。これは先生の出る幕はなさそうですねー」

「別に、仲よくは……。ちょっと家で一緒に勉強するって話になっただけで」

「へー、ふーん、へー」

おい、信じてるのか？

とにかく話を戻そうと、俺は口を動かす。

「プリントを取りに学校にはきますから、課題がある日、教えてください！」

そんな俺の声が、聞こえているのかいないのか。唇の下に丸めた人差し指を当てながら、数秒。顔を上げた熊田先生は、にっこりと笑ってぽんと手を打った。

「わかりました！　夏期講習の先生には、私から適当に伝えといてあげましょう」

「いいんですか？」

「ええ。あなたが、こいろちゃんと仲よくしてくれるのであれば。あ、くれぐれも、二学期もピュアな根来くんで登校してくること。二人きりだからって、調子に乗ってこいろちゃんを泣かすようなことはしちゃダメよ」

「そこは大丈夫ですから！」

絶対、多分、おそらく……。

いや、何も期待はしてないぞ、先生が言っているような意味では。

ただ、これまで純粋に生きてきた自分を変えたくて彼女のところへ行く俺は、もしかしたら夏休みの終わりには不純になれているかもしれない。なんて、少し考えた。

＊

それにしても、改めて思う。

いつどこで何を気に入られ、部屋に入れてもらえることになったのか。

『少し部屋を片づけたいから、学道くんの堕落は明日からでお願いします』

と真倉に言われ、あの日は課題を渡して部屋をあとにしたのだが、わざわざ面倒な片づけをしてまで、どうして俺を入れてくれる気になったのだろう。

行動原理に、俺はまず利益や損得を考えてしまうタイプなのだ。そこが曖昧な行動に対してはどうしても疑問を抱いてしまう。

真倉こいろ。やはりまだよくわからない。

——いや、それだと俺がやっている勉強はどうなんだ、という話か。

学校で熊田先生から課題を受け取った俺は、その足で真倉の家を訪ねた。

チャイムを鳴らして名前を名乗ると、いつもと違ってすぐにドアが開く。

顔を出した真倉は、小さなテディベアの絵が全体にプリントされた、セットアップのパジャマを着ていた。今日は着替えずに出てきてくれたらしい。

「やあやあ、ようこそ……ふわぁ」

初っ端から欠伸をキメられた。目蓋の開ききっていない眠たそうな目だ。

どうぞどうぞと促され、俺は「お邪魔します」と呟きながら玄関に入った。キッチンのある廊下は二メートルほどで、少し進めばすぐにその奥の部屋の様子が視界に飛びこんでくる。

白いラグマットの上に、人をダメにする系のクッション。テレビにはゲームの画面が点いており、ローテーブルにはコントローラーと、ペットボトルのジュース。それは以前見た光景とほぼ同じだった。

しかしながら、他の場所はとても整理されており、非常にすっきりしている印象だ。

広さは六畳くらいだろうか。主な家具は、テレビ、テレビ台、ローテーブル、大きめのクッション、ベッド。それらが部屋の多くを占めており、ベッドの奥に置かれたカラーボックスには漫画が詰まっている。

「綺麗だな」

部屋を見回す様子を真倉に見られていたので、俺はそう率直な感想を述べた。

「そう？　ありがとうございます！」

嬉しそうに、真倉が笑う。

「そもそも、どこか片づけるところあったのか？」

「まぁ、ちょっと散らかってたとこのもの、移動させたりとか？　朝起きてシャワー浴びたから、そのとき脱いだ服を片づけたり。でもまぁ、もともとある程度は綺麗にしてるよ。快適な堕落は綺麗な住み家から、って言うでしょ？」

「いや、知らんが」

その謎の格言？　は知らないが、真倉の中にも堕落に対するポリシーのようなものがあるらしかった。

「あ、ベッドに適当に座ってくださいー」

「適当に、と言われてもなぁ」

俺はなぜか恐るおそるになりながら、ベッドに腰を下ろした。スプリングがぎししと軋む。さらさらのシーツに手を置くと、冷房で冷えていてひんやり気持ちいい。

「ちょっと待っててくださいねー、飲みもの取ってきます」

言って、真倉は廊下の方へと出ていく。

俺は一人、ベッドに手を突いてふぅと息をついた。

生まれて初めての、女子の部屋だ。少し動くだけで、柔軟剤のような柔らかい香りがふわりと舞う。しかも今、彼女の寝床に座っている。

……冷静に考えると、妙にドキドキする。

そのとき、ふと、鞄と床の間に、何やら挟まっているのに気がついた。俺が鞄を置いた際、何か踏んでしまったようだ。

なんだろう、薄い黄色――ライムグリーンの布のようなものだ。

俺は目を凝らし、しかし何かわからず、指を伸ばしてみる。ものすごく手触りのいい布だった。それを引っ張り出そうと力をこめたとき――、

「あ、ちょっ、ダメっ！」

廊下から戻ってきた真倉が、そう叫び声を上げた。

「えっ？」

俺は勢いそのままその布を引っ張り出してしまう。瞬間、慌てて駆け寄ってきた真倉が手を伸ばし俺の指から奪っていった。

顔を上げれば、真倉が自分のパジャマの裾から中に手を突っこむようにして、奪ったものをお腹に隠している。

ただ、俺はしっかりとそれを視認してしまっていた。

……パンツだった。今のは間違いなくパンツだった。

「……見ました？」

「この状況で俺に見ていないという方向で逃げ切る道が残されているのか」

「だ、だよね」

気まずそうに、目を横に逸らす真倉。心なしか、その頬が少し赤くなっているように見える。

「今のはわたしが悪かったです。うん。でも、今度見たら罰金」

「罰金って、罠すぎるだろ」

この部屋に招きこまれた時点で、すでにトラップをしかけられているのでは……？　俺は思わず辺りを見回してしまう。

「くっ、こうして隙が生まれてしまったのは堕落の代償か……。ちょっとこれは封印してきますね」

そう言って、真倉はパジャマの中にパンツを隠したまま若干前かがみに立ち上がり、そそくさと廊下の方へと出ていく。

「……これが、女子の部屋なのか……？」

真倉の背中が見えなくなったあと、俺は思わずぽつっと呟いてしまった。なんというか、初っ端から刺激が強い。

というか、そもそもパジャマ姿の女子と部屋で二人きりって、なんだかものすごくそわそわするのだ。冷静に考えると非日常感がすごい。こっちは学校の制服だし……。

まだ脳裏(のうり)に先程(さきほど)のパンツの色味がチラつく中、『俺、この部屋でやっていけるのか……』と俺は一人心配するのだった。

＊

俺がベッドの上の縁(へり)の方に自分の居場所を確保して座っていると、廊下のキッチンに行っていた真倉が紙コップを手に戻ってきた。

「はい、お茶どうぞー。ごめんなさい、出だしからこんなにドタバタさせてしまいまして」

「いや、こっちがお邪魔してるわけだし、悪いな気を遣(つか)わせて」

言いながら、俺はお茶を受け取る。真倉も床に腰を下ろし、ローテーブルに置いてあったペットボトルのジュースを手に取った。

二人して一口飲み、「ふぅ」と息をつく。

さてと。

俺は床に置いていた学校指定の鞄に手を伸ばした。

「これ、今日の課題だ」

鞄の中からプリントを三枚取り出し、真倉に渡す。

「ありがとうございます」

何か表彰状でももらうかのように、真倉は両手で恭しくプリントを受け取る。それをそのまま、ローテーブルに丁寧に置いた。それから再び「ふぅ」と小さく息をつき、ゲームの点いているテレビ画面の方へ向き直る。

……ふぅ、じゃねぇ。

俺は彼女に声をかける。

「課題、実際どれくらい進んでるんだ？　わからないところ、教えるぞ」

その言葉に、真倉が「えっ」と俺の顔を見てくる。

「課題……はいいよぉ」

「いや、ダメだろ。課題出さないと、退学になるぞ？」

言いながら、俺は辺りを見回す。この部屋には勉強机らしきものがない。いったいどこで課題をやっているのか。

「は、話が違います！　学道くんはわたしの家に堕落しにきたはず……」

どうも、勉強はやりたくないらしい。

まぁ、強要するのはよくないよな。別にやりたくないことを……。

俺がそう考えていると、反論しない俺に対し真倉が勢いづく。

「いいじゃんいいじゃん、今日は堕落しよ？　はい！　肩の力抜いてー」

一度大きく息を吸い、ふぅーと深く吐き出す真倉。

彼女は俺が堕落の道に入るつもりでここにきていると思っている。実際、その言葉にひかれてやってきたのは事実なのだ。ならば、一旦勉強のことは脇に置いておき、ここは俺も真似をしておくべきかもしれない。

俺が黙って深呼吸をすると、真倉は嬉しそうににっと笑った。

「ほい、だらーん」

「………………」

「リピートあふたみー！」

「お、俺も言うのか？　だ、だらーん」

「だらーん」

「だらーん」

そう口にしながら身体の力を抜くと、思いの外、そのまま座っているベッドに融けていきそうな感覚で心地いい。これが堕落……？

そんな『だらーん』を二人で何度か繰り返したあと、真倉が小さく「よし」と呟いた。

「じゃあ、やりますか」

そう言いつつ、床に置いていたゲームのコントローラーをこちらに渡してくる。

「いや、俺ゲームやったことないんだよな」

俺が手を振って受け取りを断ると、真倉が目を見開いた驚愕の表情を向けてきた。

「え……学道くん、人類？」

「霊長目ヒト科に属するホモサピエンスである自覚はあるが……」

「さすが、返しがアカデミックです！」

「あんまり言う機会のないセリフだったぞ」

というか、ゲームをやっていなければ人外認定される危険があるのか。

「でも、ゲームなしでどうやって育ってきたんです？」

「ゲームがなくてもヒトは普通に成長するぞ！　……まぁ、小さい頃から勉強ばかりしてたからな」

親からゲームを与えられるようなことがなかったし、あまり友達と遊ぶこともなくゲームに触れる機会もなかった。

別に、ゲームをしたことがないことを、これまで気にしたこともなかったが。

真倉は「そうですかー」と言い、俺に渡そうとしていたコントローラーを自分の手元へと戻した。

それからすぐに、明るい調子で言う。

「じゃあ、見ててください」

「見るくらいなら問題ないが……」

「やった！　ありがとうございます！」

真倉はピンク色の人をダメにする系クッションをベッドの前に横長にセットし、そこにぼふっともたれかかる。それが彼女の堕落スタイルらしい。それから、隣の床をぽんぽんと手で叩いてみせてくる。どうやら呼ばれているようで、俺もそちらに腰を下ろし、ゆっくりとクッションに背中を預ける。

コントローラーを持ち、中断していたゲームを再開させる真倉。

「…………」

初めは無言で座っていたが……しばらくして、俺はぎぎぎっと首をかすかに動かし、ちらりと隣を窺う。

——近い！

人生覚えている限り、こんなに近い距離で女子の隣に座ったことないぞ!?　こんなにアップで女子の顔を見るのも初めてだ。

ぱっちりとした瞳に、くるっと上を向いた睫毛。すっと通った鼻筋に、ほんのり色づいた唇。

それらが全て、至近距離で観察できてしまう。そしてそのあまりに整った顔立ちは、近くで見ているとなぜか罪悪感さえ湧いてくる。

……いいのか、これ、見ちゃって……。

俺は内心プチパニック状態なのだが、真倉は気づいていないのか、はたまたこれくらいのことは気にしないのか、

「今ですねー、この謎解き要素の溢れるアクションRPGをやっておりまして、ちょっと学道くんにも見ててほしいんですけど……」

そう言いつつ、ゲームの中のキャラクターを操るのに夢中である。

いかんいかん。俺も意識を逸らそうと、なんとか視線をテレビ画面の方へ向けた。

……おお、ゲームってこんなに絵が綺麗というか、画質がいいのか。舞台は明らかにファンタジーだが、その背景に描かれた岩山や川はまるで現実の映像を見ているかのようだ。

今度はこちらに、しばし見惚れてしまう。

その渓谷らしきマップを……真倉は五分ほど彷徨っていた。

「そこ、さっきも通らなかったか？」

「あ、やっぱそうだよね……あっれー、おかしいなー」

「……迷子なのか？」

俺が訊ねると、真倉はテレビ画面を見つめつつぽりぽりと頬を掻く。

「迷子というか、迷路になってるんです。どこかに、どっちに進めばいいかヒントがあると思うんですけど……」

「なるほど……」

謎解き要素とはそういうことか。

再び真倉がキャラクターを走らせ始め、俺も注意深くその画面を見つめる。そしてすぐに、気づいたことがあった。

「今通りすぎた岩、何かマークがなかったか？」

「え、どこどこ？」

俺が指さす方向を、二人でチェックする。すると、岩に太陽の刻印が押されていた。大昔の、象形文字チックなテイストの絵だ。

「進む方向……。いや、この岩って動かせたりするのか？」

「や、押すことはできるけど、こういう重たい岩は動かないよ。ほら」

「それを岩の左に回って、そっちから押してみてくれないか？」

俺の言う通りに動かす真倉。果たして、

「え、動いた！　待ってまって、なんで⁉」

「太陽のマークが彫(ほ)られてるだろ？　だから、太陽が進む——進んで見える方向に押せば動くんじゃないかと思ってな！　道が開いたな」

「すごい！　すごいよ学道くん！」

　真倉がキラキラした表情で俺の方を振(ふ)り返ってくる。この部屋を訪(おとず)れたときの眠たげな目は、もうどこかへ消えていた。

「ここ昨日も先に進めなかったんだ！　やっぱり学道くんを部屋に入れてよかった！」

「お前、もしかして……。一人じゃこのゲームをクリアできないから俺を部屋に入れた説が出てきたな」

「どきっ」

「どきって口に出す奴も初めて見たぞ」

「あはは、冗談(じょうだん)です冗談！　にしても助かったよ、ありがと！」

　楽しそうに笑う真倉。

　その顔を見て、なんだか俺も嬉しくなってくる。

　どうしても、出会ったときから不思議な少女という印象を持っていたが、こうしてゲームをやっているときの彼女は口調も弾(はず)み、明るく元気な普通の女の子である。

「よーし、この調子でどんどんいきますよ！」

「課題は……？」

「ダメダメ、学道くん。堕落です。目指せ、ダメ人間コンテスト優勝！」

「結果を残すことが不名誉(ふめいよ)すぎるコンテストだな……」

その日、俺は生まれて初めてのゲームを——見学だったが——夕方塾へ向かうまで楽しんだのだった。

❹パジャマ最強理論

「パジャマ、何着持ってるんだ？」

　真倉の部屋にお邪魔しだして、二日目。その日も彼女は欠伸交じりのパジャマ姿で現れた。ギンガムチェック柄の長袖だ。

　これまで三度、彼女のパジャマ姿を見てきたわけだが、一度も同じものを着ているのを見たことがなかった。

「何着だろ。……数えきれないですね」

　床で胡坐をかきながらゲームをしていた真倉は、少し手を止める。斜め上に視線を置き、考えるような仕草をみせた。

「そんなに持ってるのか⁉」

「はい。いいのがあったら買っちゃうんです」

「そりゃ、気に入ったのがあれば買うかもしれないけど。でも、そんなに量はいらないだろ」

　俺が持っているパジャマなんて、考えるまでもなくパッと頭に思い浮かぶ。いつも着ている灰色のセットアップのスウェットと、洗い替えとして持っているノーブランドのジャージだけだ。パジャマというより、パジャマにしている服、だな。

「いやいや、いるんだよ。ほら、わたし外に出ないじゃん？」

「出ないじゃん？って言われても」

「出ないんだよ。特にこの夏休みは、出ないでおこうって決めてるんです」

　言って、真倉はどこか不敵に笑う。

「一人暮らしだろ？　食料とかどうするんだよ」

「今の時代はすごいです。だいたい指一本ちょちょいと動かすだけで、魚は海から、野菜は畑から、わたしの家の玄関の前までやってくるのです」

　マウスらしきものをカチカチッとするジェスチャーをしてみせる真倉。インターネットで注文するということだろう。

「いや、その魚や野菜はとっくに故郷を出て近くの倉庫でスタンバってるだろ」

「冷静なご指摘だ！」

　にしても、食材をネットで頼んでいるのだとしたら、きっと日用品やその他の必要なものも全て通販なんかで購入しているのだろう。本当に家から出ない態勢でいるらしい。

「それにね、わたし、ルームウェア持たない派だからー」

真倉がそう、話を戻す。

「部屋着がない……ってことは、朝起きてもパジャマから着替えないってことか？」

「そうそう。非効率くないです？　どうせ家にいるだけなのに、いちいち着替えるのって。洗濯物も増えちゃうし、だるいだけ」

「それはまぁ確かに……」

「面倒なことをするのは、堕落の道に反します」

なぜか偉そうに、胸を張る真倉。

堕落の道ねぇ……。

俺は一応、部屋着とパジャマは分けるタイプだ。しかしながら、真倉の言うことも理解できる。休みの日なんかに、朝起きていちいち着替えるのは、確かに面倒ではある。

それに、パジャマと部屋着を分けるメリットを少し考えてみたが、パジャマを汚さないため、気持ちを切り替えるため、くらいしか思いつかなかった。

前者は真倉のように毎日パジャマを着替えるのであれば問題はないし、後者は一日中家で堕落するという真倉の生活スタイルには必要のないことだ。

つまり、堕落の道的にはそれが、非常に合理的なようだった。

「あと、どれだけ着てても疲れない。着心地快適、寝心地抜群の衣類。それがパジャマなんです。え、最強じゃん」

真倉はわざとらしく口に手を当てて、驚いた表情をしてみせる。

「いやまぁ、言いたいことはわかるが……。でも、なんでそんなにいっぱい持ってるんだよ」

まだ、最初の疑問が解決しておらず、俺はそう話を続けた。

「それはですねぇ、こう見えてわたしってオシャレ好きなんですよ」

「……外に出ないのにか？」

そう訊き返してしまい、まずかったか？　と一瞬ひやっとする。しかし真倉はにへっと笑みを浮かべた。

「外に出てた頃はもっと好きでした」

「……そうなのか」

もともとオシャレ好きで明るい女の子だったのかもしれない。だけど、今は家に引きこもっている。

どんな理由でそうなったのか、気になったが、そこを踏みこんで訊ねることはできなかった。

「やっぱしね、日々を充実させるには、ファッションは大事なんですよ。たとえずっと家にいてもね」

「なるほどな」

「いろいろとね、これ着てると落ち着くんですよ……」

そう、のんびりとした口調で真倉が言う。

まぁ、毎日変わるパジャマの謎は、一応解けた。

「ネットでさ、いいのを見つけたらポチッとしちゃうんです」

そう言って、真倉は「よいしょ……」とおもむろに立ち上がった。のそのそと部屋の隅のクローゼットに行き、半透明の収納ケースを開ける。まるでバネ仕掛けにでもなっているかのように、無理やり詰められていたらしい服が中から飛び出してきた。

「すごい量みたいだな」

「やー。ほんと、何着あるのかなって感じ」

真倉は収納ケースから落ちた服を拾い、自分の胸にあてがってみたり、匂いを嗅いでみたりしている。

そんな様子を俺が眺めていると、真倉がちらりとこちらを振り返った。何やらにんまりとした笑顔だ。

「見たいです？」

「えっ」

見たいって、パジャマのことだろうか。これまでの会話の流れからしてそうだろう。

「……別に」

「や、そこは、見たいですどうかどうか何卒(なにとぞ)お願いします！　って食いつくところじゃん！」

真倉が勢いよくツッコんでくる。

「いや、俺どんなキャラなんだよ」

俺もツッコみ返した。

「で、見たい？」

再び真倉に訊かれ、

「……ああ、まぁ」

二度目は断れず俺は頷(うなず)いた。まぁ、見たくないこともないのだ。どんなパジャマがあるのか、純粋に気になるし。

「いいですよー、学道(まなみち)くんにならー」

そう言って、真倉は収納ケースから何着かのパジャマを取り、ドアを閉めて廊下(ろうか)へと出ていった。先程まではなかったてきぱきした動き。声音もどこか弾んでいた。

ん？　見せてくれるって……？

俺がそう不思議に思っていると、

「じゃーん！」

ドアが開き、再び真倉が現れた。

「き、着替えてきたのか！」

なんと、真倉は持って行ったパジャマに衣装チェンジして戻ってきた。

「うん、もちろんです！　この方が見やすいでしょ？」

それはまるで童話の主人公の少女を思わせるような、ベロア地で、色はワインレッドのワンピースだ。襟元には白のフリルがあしらわれている。よく見ればフードがついており、その紐が長いリボンになっていて、前で結べば頭巾のようになるみたいだ。

「どうどう？　可愛いですよね？」

そう言って、くるっとターンを決める真倉。

確かに可愛い服だ。しかしそれよりも、俺の視線は彼女の白く細い脚に向いてしまう。これまで長ズボンばかりで隠されていた生足が惜しげもなく披露されていて、どうしてもそちらに目が吸い寄せられる。

「ん？　学道くん？」

「あ、ああ、綺麗だ」

「綺麗？　可愛いじゃなくてですか？　お気に入りなんです、これ」

言いながら、楽しそうにもう一回ターン。それから「少々お待ちを」と言って廊下へと戻っていく。

「どーん！」

そんな声と共に、再登場。

「……さ、め？」

そう。そこにはサメがいた。正確には、サメに食べられた真倉がいた。

「えへへ、どう？　こういうのもいいでしょ？」

サメの着ぐるみのような、前開き型の全身パジャマだ。襟の部分にサメの頭がきており、鋭い歯の見える開いた口から真倉が顔を出すような格好になっている。髪も服の中に入っており、本当にすっぽり着せられているといった印象だ。……寝やすいのか？

「お前、ちょっとネタに走ってないか？」

「えー、褒めてくれてもいいんですよ？　頑張って着たんだし。これ冬用だから暑くてあつくて」

言いながら、サメのひれになっている手でパタパタ扇ぐ仕草をみせる真倉。

「背びれもついてるのか？」

「確かついてるはずです。よっ、どうですか？」

言いながら、真倉が身体を捻って背中側をこちらにみせようとしてくれる。

確かに、パジャマにはぴろんと背びれがついていた。しかしそれよりも、俺は真倉が身体を捻ったことによってできた、前ボタンの隙間に注目してしまっていた。

今後はお腹が見えてしまっている。暑くてキャミソールを脱いだのか、それとも元々着ていなかったのか。その雪のように白い肌と、ちらりと見えるおへそに、どうしても目が引き寄せられてしまう。

「ん、んー、見えないです。ついてますか？」

「あ、ああ、ついてるついてる」

「ですよね！　リアルさが売りって書いてましたから」

マジか。そのメーカー、本物のサメ見たことあんのか。

「こういうのとか、さっきのとか、パジャマってほんとに着たいものを着れるからいいですよねー。人の目を気にせず」

言いながら、サメには満足したのか廊下へと向かう真倉。非常にノリノリだ。たくさん持っているパジャマコレクションを誰かに見せたかったのかもしれない。

少しして、再び彼女が入ってくる。

「おっ」

俺は思わず声を上げてしまった。

それはまさに王道。色は水色、ひらひらとした生地のセットアップ。上は裾が長めに作られており、襟元には蝶々結びのリボンがついている。よくあるパジャマだけど、なんだかそれを着ている女の子はやけに可愛く見える。

「おっ、って。いつも着てる感じだからわざわざいいかなと思ったけど、やっぱしこういうのが可愛いですよね」

「確かに、そういうＴＨＥパジャマタイプは何度か見たけど……でもやっぱりそれが落ち着くよな。まぁ、さっきのが変化球すぎたのもあるかもだが」

なんだろう、そのパジャマ姿でベッドの上で胡坐をかいておいてほしい。お部屋感満載で落ち着くというか、安心できるというか。

「どう？　似合う？」

言いながら、右に身体を傾け、左に身体を傾け、また正面を向いて両腕を広げて見せてくる真倉。

「襟元も生地が切り替えになってて凝ってるんだよ？」

そう言って、真倉が髪を後ろでまとめて持ち上げると、隠されていたうなじが露わになった。なんだか風呂上り感も出て、ちょっとドキッとしてしまう。

お、王道、すごい。

というかそもそも、この引きこもり少女、容姿はかなりハイレベルなのだ。

モデルがいい分、パジャマの魅力が余計に引き立つ。

「似合うな、パジャマ」

「あはは。パジャマが似合うはわたしにとってすごい誉め言葉だよ」

そう言って、また真倉は廊下へと向かう。

次は、触ると気持ちよさそうなもこもこのパジャマ。

その次は、真倉のような女子が着れば輝いて見える、だぼっとしたスウェット。

そのまた次は、緑色の……ジャージ……？

「これ、中学のときのジャージなんだよ。どう？　こういうのもありでしょ？」

「…………ありだな」

いや、これはありよりのありだ。親近感が溢れんばかりに湧いてくる。

真倉はパジャマを変える度に、ポーズを決めてくれる。

両腕を広げてみたり、太腿に手を置きながら腰をくねらせてみたり、後ろを向いて振り返り気味で止まってみたり。わざわざ体育座りをして、膝に顎を乗せるポーズまで。

「なんか、ポーズ取るの慣れてないか？」

「え、そうです？　こんな感じかなってのをやってみただけだよ」

言って、真倉はまた楽しげにポーズを決める。

そう、楽しそう、なのだ。

真倉は楽しそうに、俺にパジャマ姿を見せてくれている。

――普通、こんな格好、家族とか彼氏にしか見せないよな……。

そう考えると、パジャマ姿の特別感が俺の中でぐんと増した気がした。

『いいですよー、学道くんになら――』

先程の真倉のセリフが、脳内に蘇る。

なんだか胸の奥で鼓動が速まったのがわかる。顔の奥がぼわーと熱くなってきた。

今度出てきたのは、襟ぐりが広く、鎖骨まで露わになった黒のパジャマだった。ひらひらのズボンも裾が大きく広がっていて、中々セクシーである。

「これ、涼しくて夏にぴったりなんです」

言いながら、真倉が俺の顔を見て、それから不思議そうに首を傾げた。

「……ん？　どしたの？　顔赤いよ？」

「いや、別に……」

「やや、ほんとになんか火照(ほて)ってるみたいですよ！　どしたー？　あっ、わかった！　わたしのパジャマ姿に見惚れちゃったんですね！　照れちゃったんですね！」

にやにやと笑みを見せる真倉。

「いや、照れるというか……。パジャマ姿って親はまだしも、恋人同士(こいびと)でも最初は見せたりしないんじゃないか？　そう考えると、少し恥(は)ずかしくないか？」

俺がそう、思っていたことを答えると、

「こ、ここ、こいび……」

今度は彼女(かのじょ)が顔を赤くする番だった。

「や、やだなーもう。恋人なんて、学道くんに申し訳ないです。それにキミになら、パジャマ姿を見られても平気だよ？　だって、堕落の友だし」

「だ、堕落の友って……。初めて聞く言葉だぞ」

「そ、それより見てみて、このパジャマ！　こんなのも、タイプが違(ちが)ってアリでしょ！」

慌てて話を変えるように言って、真倉はまたポーズを取ろうと少し前かがみになる。

そのときだった。

襟元がぽろっと下がり、服の中が露わになった。胸の谷間から、その先のおへそまで、はっきり見えてしまった。

真倉が慌てて右手で襟元を押さえ、すぐにその光景は閉ざされる。

「け、結構大きめなんですけどねー。黒あんまし持ってなくて買っちゃったんだー」

何事もなかったかのように続ける真倉。

しかし、その頬はさらにかぁっと色を持ち、瞳はあわあわと左右に揺(ゆ)れ——彼女の動揺(どうよう)が見て取れる。

「なるほど、大きめだったんだな」

普段(ふだん)勉強ばかりしている俺だが、年頃(としごろ)の青少年的に、こういった事態にはどうしても反応してしまう。

……絶景だった。

今回のパジャマファッションショーを通して、いろいろな面から俺も真倉の言うことが理解できた。

え、パジャマ、最強じゃん。

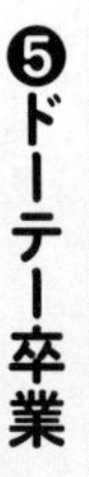

❺ドーテー卒業

それは、俺の一六年という人生で、初めて訪れた修羅場だった。

「学道くんは！　勉強と堕落、どっちが大事なの！」

修羅場っぽいセリフをかけられた、というのが正しいか。しかしながら、どんな二択だ……。

コントローラーを握り、ゲームを始めようとしていた真倉が、むすーっと頬を膨らませながらこちらを見ている。さっきまで「えへへ」と、嬉しそうにサテン地のさくらんぼ柄のパジャマを見せてきていたのに。

真倉の部屋にあげてもらうようになって、数日が経っていた。それまで毎日、なんだかんだ補習課題のことはうやむやになっていた。ここに堕落をしにきつつも、どうしても課題が放置されていることが気になってしまった俺が、少し積極的に勉強を勧めてみた際の出来事だった。

「それは……」

俺は逡巡したのち、こう切りだした。

「いいか？　補習の課題は救済措置なんだ。提出しないと、二学期学校に行けなくなるぞ？」

「知ってるよ？　心配しなくても、いつかはやります。退学は嫌ですし……。でも、まだそのときじゃない。わたしたちの夏休みは始まったばっかしだ！」

「長い夏休みもいつかは終わりがくる。遊ぶのに夢中になって宿題を後回しにし、結局間に合わなかったという事例は、毎年全国で多発している。これが夏休み宿題理論だ」

心当たりがあるのか、真倉が小さく「うっ」と声を漏らす。

「は、八月三二日は……」

「こない」

「夏休みの始まりにエンドレスタイムリープ、なんて展開は……」

「起こらない！」

「げ、現実がわたしに厳しく接してきます……」

眉を下げた困り顔を見せる真倉。

「序盤から、余裕を持ってやっておくことが大切なんだ。夏休みの宿題というものはな」

俺がそう締めくくると、真倉はじとっと細めた目をこちらに向けてきた。

「……それはわかってるんですよ。夏休み最終日に本気出して、結局間に合わない子供たちだって、きっとみんなわかってる。それでもそういった被害がなくならない原因、学道くんはわかります？」

質問が返ってくることは予想外だった。俺がすぐに答えられずにいると、真倉が続ける。

「なんででしょう。そうやってやれやれって言われると、なんでかわかんないけどやる気が萎んでいくんですよねー。ちゃんとやろうと思ってても、『早くやりなさいよ』なんて親から言われた瞬間、急にやりたくなくなってくる。これが夏休み宿題理論の真相」

「なっ……」

今度は俺が、言葉を詰まらせる番だった。

思い当たる節があった……ありすぎたのだ。

なぜ、勉強を、他人に言われてやらなければならないのか……。

「あれ……どしたの？」

少し考えこんでしまった俺の顔を、真倉が不思議そうに覗きこんでくる。

「いや……」

俺は小さく首を横に振った。

しばし真倉は俺の表情を窺っていたようだが、それからぱんと手を打った。

「……そうですか。じゃあまぁ、ゲームしよ！　あ、今回は一緒にしませんか？」

「一緒に……。なんか、俺でもできるやつあるのか？」

なんだか今日は補習を勧める気が萎んでしまった。

「いろいろあるよ！　初めてでもわかりやすいすごろく系のやつとか、レーシングゲームとか、他にも全国民が知ってる落ちモノのパズルゲームも買ってますー」

「あー、とりあえず一番簡単なやつがいいな」

「そうですね。それなら――」

弾んだ声で言って、ゲームのコントローラーを操作し始める真倉。

その日は俺も、彼女と一緒にゲームをすることにした。俺がテレビに向き合って座り直すのを見て、真倉は嬉しそうな笑みを浮かべる。

やりたくないことはやらない。自分の意志でそれを選んで行動できる彼女が、眩しかった。

*

すごろくのようにサイコロを振って日本各地を回りつつ、物件を買って社長として成長していくゲームを、俺たちはプレイした。コンピューターの敵も入れて、四人対戦。操作はとてもシンプルで、ルールもすぐに理解でき、俺は気づけばそのゲームに夢中になっていた。

お昼をすぎたところで、一時休戦。

俺はくるときにコンビニで買ってきたパン、真倉は大量ストックしているというカップラーメンを食べ、一息ついた。

「どうです？　堕落、楽しんでますか？」

お茶を飲んでぷはーっと息を吐いた真倉が、こちらを振り向いて訊いてくる。

「このゲームは確かに面白いな」

「でしょー？　興味出てきましたか？　いいですね、夏が始まりましたねー」

この夏はゲーム三昧だー、と真倉はバンザイをする。仕草の割に、のんびりと間延びした声音である。

課題が遠のいていくな……。

「でも、結構盛り上がって楽しかったし……これは堕落なのか？」

俺はそう訊ねてみる。

堕落という言葉ほど悪い方へ落ちている気はしないし、なんなら普段より笑って健全さもある。まぁ、ほんとは勉強しなければならない時間に、こうして遊んでいるという部分に罪悪感はあるのだが……。

「あら、堕落感が足りませんか？　だらだら一日中惰性でゲームしてると、どんどんクッションから起き上がる気力をなくし、その居心地のよさにずぶずぶ沈んでいく堕落が味わえるんですが……」

「あー、一人だとそうなるのか……」

　確かに、これを一人で黙々とずっと続けるとなると、どんどんだらだら堕ちていってしまうのかもしれない。ただ、「それが幸せなんですー」と真倉は嬉しそうに顔を綻ばせていた。

「他はどんなことしてるんだ？」

「他？」

「いや、ゲームしてるところしか見てないから。普段あと何してるのかなって」

「んー、あとはですね、スマホ見たりー、漫画読んだりー、ゲームの実況動画見たりー、SNS見たりー」

「後半の方もスマホ見るに含まれるだろ」

「あと、たまーに、運動したり？」

「運動？」

「あ、お部屋の中でですよ？　だらだらしすぎて身体が固まったり痛くなったりしたときに、軽ーく踊ったり」

　真倉は両腕をあげ、ふわっと振ったり、回したりして、最後はカチッと止めて決める。その一連の動きはスムーズで一見軽そうだが、理解するには少し複雑だ。一朝一夕なんかじゃ真似できそうにない。

「ダンスできるのか？」

「まぁ、ちょっとだけです。意外と動ける引きこもりなんです、わたし」

「体育会系の引きこもり？」

「あはは、そんな感じかも」

　楽しそうに、真倉は笑う。

「他は……ゲーム実況だっけか？」

「はい！」

「あんまりよくわからないんだが、最近流行ってる動画配信的な？」

「そうそう。こんな感じで、ゲームしながらお喋りしてる感じの」

　真倉がスマホを操作し、有名な動画アプリでいくつか動画を見せてくれる。ゲーム画面をアップにし、わーわー騒ぎながら実況しているものや、静かにゲームの攻略方を解説しているもの、画面に自分の姿も映し（かなりの美人）ゲームをしながら視聴者とコミュニケーションをとっているもの。

「ゲームしてお金もらって生計立てられるって、神の職業だよねー」

「これ、お金もらえるのか？」

「そだよ？　動画についてる広告費とかね。人気の人だったら結構もらってると思う」

動画配信者なる職業が最近流行っているとは聞いたことがあった。にしても、ただ遊んでいるところを公開して、金を稼げるとは。改めて驚きである。

「あー、あと漫画だったか」

「そう！　漫画も大好きですー」

俺はちらりとベッドの足元の方に目を向ける。その壁際には俺の身長よりも高い本棚が設置されていた。まじまじと見たのは今日が初めてだが、中は漫画ばかりが詰まっているようだ。

参考書と問題集ばかりが並ぶ俺の部屋の本棚とは全く趣向が違う。

「おススメはですねー、これ！」

真倉がベッドの上を膝立ちで進み、本棚に手を伸ばして一冊の漫画を抜き取る。それを

俺に差し出してきた。少年が、巨大なカエルの上に乗って笑っている表紙だ。しかし、

「や、これはあんまりにも有名すぎか。知ってますよね……」

そう真倉がボリュームを落とした声で言い、漫画をもとの位置に戻そうとする。

「いや、知らないぞ？　有名なのか？」

「えっ……ほんとに国民？」

「すごく根本的な部分を疑われてる⁉」

「や、漫画読まなかったとしても、故意に情報を遮断してないと知らないなんてあり得ないレベルの作品ですよ！」

「そうは言われてもな……」

故意に遮断はしてないが、漫画に興味がなく視界に入ってもスルーしている可能性は高い。まぁでも、そういった情報が入りにくいような環境で育ってきたのも確かか……。

そんなことを考えている俺を、真倉はじっと窺っていたようだった。

「……アドベンチャーものなんだけど、要所要所で謎解き要素があって面白いの。さらに敵側の事情、人間模様も描かれてて読み応え抜群。男の子なら絶対ハマる！　……読んでみます？」

そんな説明と共に、恐るおそるな調子で訊ねられる。

せっかく薦めてもらったのだ。それに、こんな機会滅多にない。俺は「ああ」と頷く。

すると真倉は「やった」と呟き、五巻まとめてとってどんと俺に渡してきた。

真倉も他の漫画を手に取って、再び二人並んでクッションに腰を落ち着ける。

「あ、寒くない？　これ使ってください」

ベッドの上に置いてあった（落ちていた）大きめのタオルケットをずりずりと手繰り寄せ、俺に渡してくれる。

確かに冷房で少し身体が冷えてきており、ありがたく使わせてもらうことにした。真倉は真倉で、いつも使っているらしいブランケットを身体にかけ始める。

そうして、俺たちは漫画タイムに突入した。

静かな部屋に、かさりかさりとページを捲る音が響く。窓とカーテンを閉め切っており、外ではうるさいくらいのはずのセミの声は聞こえない。冷房の効いた部屋でタオルケットにくるまっていると、なんだか暖かな繭に包まれたような気分で動きたくなくなってくる。

クッションに深く沈み、そのまま身体が溶けだしてしまいそうな感覚だ。

これが、堕落……？

その体勢はどんどんダラダラモードになりつつある一方、漫画を読み進める手は止まらなかった。

──これ、面白いな。

五冊、休憩もなしに一気に読み終えてしまった。

「お、さすが学道くん読むの速いですねー」

気づいた真倉がそう声をかけてくる。

「この漫画すごいな！　続きも読んでいいか？」

そう返す俺の前で、真倉がなぜか「あー……」と目を横に逸らす。

「ん？　どうした？」

「や、実はこの漫画完結してなくて、まだ五冊までしか出てないんですよ……」

「えっ」

「しかも作者さん、最近体調不良か何かで休みがちで、次の巻がいつ出るか不明で……」

「なっ、そんな……」

だってまだ、幼馴染の少女が、森ではぐれたまま帰ってきてないぞ──⁉

「ごめんなさい。選ぶ漫画間違えたかも。でも、めちゃめちゃハマってるじゃん！」

「そりゃそうだろ。世の中にこんなに面白いものが存在したとは」

「おー、その気持ちを味わったなら、もう漫画ドーテー卒業だね」

「ど、童貞って……」

「おっとっとぉっ、変なところに引っかからないでください！　勢いで言っちゃっただけ！」

慌てて顔の前でぱたぱたと手を振る真倉。下ネタっぽいワードを使ってしまったのが恥ずかしかったらしい。そこに引っかかった俺も悪いか……。

「とにかく！　また新しいの出たら買っとくね！」

真倉にそう言われ、俺は「ああ、ありがと」と返事をする。読み終わった五巻を床に置き、それから腕を上げて伸びをした。

高校一年、夏休み。

俺の初めては、少し肌寒い部屋の暖かなタオルケットの中だった。

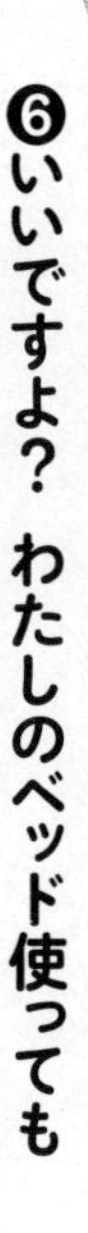

⑥いいですよ？　わたしのベッド使っても

最近、勉強に身が入っていない気がする。

夕方まで真倉の部屋ですごしていると、そのあと塾の自習室に行っても、どうにもいつものように集中できない。今日も楽しかったなーなんて、だらだらモードからの切り替えがうまくいかないのだ。

海にとぷんとゆっくり浸かり、深くふかく沈んでいく。視界はどんどん狭まり、気づけば周囲の音が消えている。やがて浮上したときには、一時間も二時間も経過している。これまで自習室ではいつもそんな感覚を味わっていたのだが……。

近頃は海に跳びこみはするのだが、五メートルほど潜ったところで、いくらばたばた水をかいても身体が進まなくなる。最終的に、浮力に負けてふわーっと水面に押し戻される。そんな感覚の繰り返しが続いていた。

勉強しよう、と机に向かう。参考書をめくる。問題を解こうとする。だけどその日の真倉とのやり取りや、ゲーム画面や、漫画のストーリーなんかが頭によぎる。するともう意識がそちらに引っ張られていってしまう。そういった、思考にノイズが走るような体験、初めてだった。そして、明日は何をするんだろう、なんて考えている。

　これも、「堕落」による症状なのだろうか。

　これまでこんなに勉強をサボったことがなかったのだ。風邪をひいた日だって、ベッドに横になって参考書を読んでいた。そんな身体を、いきなりだらだら生活に放りこんだのだ。これまで排除されていたゲームや漫画なんかの娯楽にも触れてしまった。

　そもそも「堕落」とは少しずつ身を持ち崩し、ゆっくりとそういう状態になっていくことを指すのだと思うのだが……。俺は今いきなりそういう生活に身をおかされ、これではその高低差についていけなくなるのもわかる気がした。

だけど、塾の課題や、夜の授業の予習もやらなければならない。学校の宿題は、いつでもできるだろうという考えからあと回しにしているが……。本来なら一日最低一つは入試過去問に挑戦するつもりだったが、全く手つかず。

　なんとか集中したいところだが……。

　……でも、俺がそれをやらなかったとして、何か問題があるのだろうか。何か変わったりするのだろうか。

夜、そんなことを考えていて、その日はあまり眠れなかった。最近、寝つきの悪い日が増えてきている気がする。

そしてそのせいで、真倉の部屋に着いたはいいが、俺は一人あくびを連発していた。

「どしたの？」

いつもの席でゲームをしていた真倉が、隣の俺を振り向き訊ねてくる。そういう彼女も眠たげな目なのは、毎朝お馴染みだ。もう少ししたら調子が出てきて目蓋が開いてくる頃か、と考察できるくらいには、真倉のことがわかってきていた。

ちなみに今日は、袖や裾がフレア状に広がった、ひらひらの白いレースのパジャマ姿である。

「昨日あんまり寝れてなくてな」

「えー、勉強ですか？」

「そういうわけじゃないんだが……」

「んー？」

真倉が俺の顔を覗きこんでくる。しかし、うまい説明が思い浮かばず、俺は何も答えられずにいた。

「や、特に何もないんだが」

「ふーん……」

真倉はしばし俺の表情を窺っていたようだが、やがてついと視線を横に動かした。

「いいですよ？　わたしのベッド使っても」

「えっ」

俺は真倉の視線が示す方に目を向ける。

薄いピンクのシーツがかかったベッド。その上には、真倉が這い出たあとが抜け殻のように残っている白の毛布。

……ここに、横になっていいのか？

寝ていいのか？

許可をもらっても、俺の中で躊躇いが生じている。

なにせ、女子のベッド、だ。

そこはとてつもなく神聖な場所に感じられる。これまでも、端っこに座らせてもらうのが精いっぱいだった。

「寝てくださいー。睡眠は堕落に不可欠！　ちょっと睡眠補給して、元気になって、またゲームしよ」

「あ、ああ……」

真倉が立ち上がって毛布を広げ、シーツの皺を整える。それからぽんぽんとベッドを叩いてみせてきた。ここに寝ろということらしい。

い、いいんだよな。ちょっと、借りるだけだし……。

俺もゆっくりと立ち上がり、ベッドへと移動する。まずその縁に腰を下ろし、覚悟を決めて恐るおそる背中を倒していく。

そして、とうとう女子のベッドに横になった。

冷房の風を受けてひんやりとしたシーツが心地いい。ふわふわと軽い毛布を、真倉がかけてくれる。

「あ、枕も使ってください」

そう言って、真倉が枕を俺の耳元に押しつけてきて、俺は渋々頭を上げる。すると、すっと枕が首の下に差しこまれた。

そっと頭を預けると、ふわりとシャンプーの香りが舞う。その香りは鼻孔を刺激し、脳をびりびりと震わせた。思わずもう一度鼻で呼吸してしまう。

……ダメだ。

やはりここは、女子の部屋なのだ……。

初めは課題を届けにきていただけのはずだったのだが……どうしてこうなっている。

「わたしのことは気にしないでくださいー。ゲームでもしてるんで」

言いながら、リモコンを操作してゲームの音量を下げる真倉。

彼女はきっと純粋な善意から俺に寝床を貸してくれている。俺のことを心配してくれているのかもしれない。

……ならば、ここは甘えさせてもらおうか。

「――ありがとう。ちょっと、寝るよ」

俺がそう言うと、テレビ画面に向かおうとしていた真倉が振り返る。そして、ふっと目を細めて笑みを浮かべた。

「うん。いっぱい寝てください」

＊

ゆっくりと意識が浮上する感覚と共に、俺は細く目を開けた。

ちゃっちゃちゃっちゃちゃちゃらちゃらー、ちゃっちゃちゃっちゃちゃちゃらちゃらー、と、どこか遠いところから一定のリズムが流れている。

ぼんやりとしていた視界が、徐々に明るくなってきた。

見慣れない天井だ。

——そうか。真倉の部屋で寝させてもらってたのか。

眠りと覚醒の狭間のようだ。暖かいベッドにずぶずぶと沈みこんだ身体は、まだ起こせそうにない。

俺は心地よさを手放さないよう最小限の動きで寝返りを打つ。

すると、何やら柔らかい塊に身体がぶつかった。

毛布だろうか。ふわふわと柔らかく、温かい。

俺は横向きの姿勢で、その塊を抱き枕のように抱き寄せた。なんだろう。とても気持ちよくて、落ち着く。

しかしそれが何か確認する前に——再び俺は眠りに落ちていった。

＊

ハッと俺は目を覚ました。

やばい、また寝てしまっていた！

途中、少し起きかけた気がするのだが、そのまままた意識が飛んでいた。今何時だ？

俺はがばりと身体を起こす。すると、カーテンの隙間から眩しい光が一筋、部屋に差しこんでいるのが見て取れた。

……夕陽、か？

慌ててズボンのポケットに入れっぱなしだったスマホを引っ張り出し、時間を確認する。

――ろ、六時前⁉

嘘だろ？　いったい何時間寝てたんだ？　普段ならこの時間は、夜の授業に備えて塾の自習室に入っている時間だ。

プチパニックになりながらも、俺はなんとか頭をフル回転させ現状の把握に努めようとする。そのときだった。

「あれ、学道くん。起きたんですか？　……ふわぁ」

そんな声と共に、俺の真横で何やら毛布がもぞもぞと動いた。

「えっ……」

夕陽と現在時刻に衝撃を受けていたためか。それともずっとその場所にフィットしていて違和感がなかったからか。俺の腰辺りに引っついていたのに、俺はそこに真倉がいたことに気づいていなかった。

でも、これって……。

　寝ぼけ眼をこすりながら、真倉がゆっくりと起き上がる。顔半分までかかっていた毛布が、ぱさりと落ちた。

「よっぽど疲れてたんですねー。お昼になっても全然起きてこないし」

「あ、ああ」

「あんまり気持ちよさそうに寝てたから、起こせなかったよー」

　そう言って笑いながら、真倉は伸びをする。パジャマの裾が持ち上がりちらりと見えた、形のいいへそから視線を引き剥がしながら、俺は慌てて口を動かした。

「ちょっと待てまて、お前、その……一緒に寝てたのか？」

「え、あ、うん。幸せそうな寝顔見てたら、わたしも眠たくなってきちゃって。ちょっとベッドの端をお借りして」

「ベッドの端……。いやでも、くっついて……」

　なんだか言い辛く、歯切れが悪くなってしまう。

　しかしその言葉で、真倉は何かに気づいたようにベッドに視線を落とした。自分、それから俺の座っている位置を確かめるように見比べる。

「く、くっついてますねぇ」

「ていうか、ずっと真隣で喋ってたよな」

「なんか自然すぎて気づかなかったよ。てことは……添い寝してたってこと……？」

そ、添い寝、か……。

その単語で聞くと、なんだか恥ずかしさが倍増する。

「す、すまん。そんななんというか、カップルみたいなこと……」

「か、か、カップルって。い、いいんだよ。わたしがあとからベッドで寝たのが原因だし。わざとじゃないんですし。ごめんね、お邪魔して」

慌てたようにぶんぶんと身体の前で手を振る真倉。顔が赤い。

しかし、本当に謝らなければならないのは俺の方だ。

「いや、ほんとに悪かった」

喋りながら、少しずつ思い出してきたのだ。

確か一度、寝ている途中で目が覚めた。そのとき、意識はほぼ眠っていたが、何か隣に抱き枕のようなものを見つけ、それをぎゅっと抱き締めたような覚えがあるのだ。今見てみても、そんな快眠グッズはベッドの上には置かれていなくて……。

ドクドクと速まる鼓動を気づかれないよう、俺は必死に冷静を装っていた。

起きたときには身体はくっついてはいたが、ホールド状態は解けていて、そこだけはセーフだった。バレていたら大変なことになっていたかもしれない。

……にしても、とてつもない抱き心地のよさだった。柔らかく、腕の中にフィットする感じで、温かくて。思わずちらりと、横に座る彼女の身体を見てしまう。

「部屋に入れてもらったのに寝てしかなくて、すまん」

「それは全然大丈夫、長時間の昼寝こそ最高の堕落です！　それに見て！」

言って、真倉が膝立ちでベッドの上を移動する。窓の近くまで行って床に下り、それから閉まっていたカーテンを勢いよく開け放った。

部屋中を光が乱反射した、そんな感覚だった。急に視界を覆った眩しい夕陽に、俺は思わず目を瞑る。

それから恐るおそる目蓋を開き、彼女の方へ近づいた。

アパートの前は空き地で開けており、二階からだが少し遠くまで見晴らせる。小さなベランダの先には、一軒家の並ぶ住宅街、遊具の少ない公園、遠くにそびえる鉄塔に、小さなため池。それらの景色に淡い銀色のフィルターがかかっている。

「綺麗じゃない？」

俺が肩越しに覗いていると、真倉が少し横にずれてくれた。

「綺麗……だな」

町が、どこかもの悲しい雰囲気を纏っている。この時間は基本自習室に籠っているので、こんな夕方の町を見るのは久々だった。……いや、そもそも時間帯に限らず、こんなふうに景色を眺めたのはいつぶりだろうか。

「にしても、いっぱい寝たねー」

真倉がそう、間延びした声で言う。

「ああ、大分すっきりしたよ。ありがと」

なんだか脳を覆っていた霧が晴れたような、とてもクリアな気分だった。これは勉強にも集中できそうだ。

「いえいえ。わたしも、いい感じに寝れたから思考すっきりです」

そう言って、真倉は両腕を上げて「んんっ」と伸びをする。

彼女のそのセリフを、そのときの俺は気に留めてもいなかった。

「俺、塾行かないと。授業が始まる」

もう少し、このゆったりとした時間、夕陽に包まれ哀愁めいた雰囲気に浸っていたいという気持ちはあったが、その思いを振り切って俺は後ろを振り返った。床に置いてある鞄の方へ、歩み寄る。

そのとき、背中に真倉の声がかかった。

「あんまり頑張りすぎちゃダメだよ？」

振り返れば、逆光の中で真倉がじっと俺を見ている。

「頑張らなくていいよ。そんなこと言いながら、遠回しに頑張らせようとしてくる人って多いけど。わたしは違うよ。わたしが頑張らなくていいって言えば、ほんとに頑張らなくていいんだよ？」

そんな彼女の言葉に、俺は「ああ……」と返す。心配、されているのだろうか。頑張りすぎ、と思われているのだろうか。頑張りすぎ、なのだろうか……。

考えつつ、しかしゆっくりしている時間もなく、

「ありがとな。また明日」

「……うん！」

最後にそんな短い会話をして、俺は真倉の部屋を出たのだった。

☆

ガチャンと金属音を立てて玄関の扉が閉まり、わたし——真倉こいろは部屋に一人になった。

ベッドにぼすんと腰を落とし、ふぅと息をつく。

——大丈夫だったかな。うまくやれてたかな。

わたしはそんなことを考えて、それからぶんぶんと首を横に振る。

いやいや、ダメだ、そんなこと考えないって決めたんだ。

「……はぁ」

もう一度深く息をはき、座った姿勢のままこてんとベッドに横になった。すると、シーツがいつものように冷たくない——生暖かい。

「あ……」

さっきまで、学道くんがここにいたのだ。

わたしと一緒に、寝ていたのだ。

思い出すと、なんだか顔の奥(おく)がじーんと熱くなってくる。

学道くんがちょっと疲れてるみたいだったから、ベッドを薦(すす)めた。ここまではよかった。

そのあと、わたしは一人でゲームをしていたのだが——途中、ついつい横になってしまったのだ。

あんまり学道くんが気持ちよさそうに寝てるから……。ちょっと座りすぎで腰も痛くて、身体を伸ばしたかったし……。

てかてか、しょうがないじゃん！　そもそも人間には重力がかかってるんだし、ずっとそれに逆らってるわけだから、横になりたくなって当然！　休まないと！　地球の重力重すぎ問題！

それにそもそも、そのとき学道くんはベッドの奥にいて、こちら側には大きなスペースがあった。そこにスペースがあったので、ちょっとお邪魔しただけだったのだ。特に問題はなかったのだ――。

だがしかし、事件はそのあとに起こった。

わたしが横になり、眠りに落ちそうになったときのこと。

学道くんの規則正しい寝息が、不意に途切れたのだ。

やばい、とわたしも息をひそめる。目が覚めたのかな？　隣に寝てるのがバレる前に起き上がりたいけど……ベッドが揺れたらその時点で気づかれてしまうかも――などと考えていた、次の瞬間。

ぎゅっ、と後ろから抱き締められた。

思わずひゃっと声を上げてしまいそうになり、必死に押し留める。

えっ、えっ、え——!?

寝返りを打った学道くんが、わたしに引っついて腕を回してきたのだ。

わたしは身動きができなかった。

彼の腕が、最近運動不足で気になってるお腹をぎゅってしてくるけど。なんならもう片方の腕は胸に当たっちゃってるけど……。

でも起こすと悪いし、この状況を知られるのも気まずいし。

それに何より、学道くんの身体が温かくて、その密着感が心地よくて……。

得も言われぬ安心感のようなものに包まれて、わたしはそのぬくもりに身を預け、眠ってしまったのだった。

その後、夕方になって学道くんが先に起き上がって、それでわたしも目が覚めた。ホールド状態は解けてたみたいだけど、身体同士はまだくっつくくらいの距離で。わたしはそれをそのとき気づいたふうに装って、必死に誤魔化した。

それで確か、カップルみたいって、学道くんが言いだしたんだよな。急に言われてびっくりしちゃった。……学道くんも、そう意識してたってことだよね。

なんだかまた顔が熱くなってきて、わたしはその思考を振り払うようにぶんぶんと首を横に振った。

ヤバい、ヤバい。なんだか無性に恥ずかしすぎる——。

頭上に落ちていた枕を引き寄せ、顔をぐりぐりと押しつける。

しばらくそうしてから、わたしはゆっくりと仰向けになった。

夕陽の色が濃くなり、部屋が少しずつ暗くなってきている。

——にしても、久しぶりに熟睡できたな……。

これは、添い寝のおかげなのだろうか。意外な発見というべきか。だからといって、またお願いしますなんてこちらからはとても言えないけれど。

本当にすっきりとした。気分がいい。でも、いっぱい寝すぎて、また夜寝れないな……。

窓の外に見えるピンク色の空を眺めながら、わたしはまた少しぼんやりと考えていた。

❼魅惑のパジャマエプロン

七月がすぎ、八月に突入しても、俺は変わらず真倉のアパートに通っていた。

チャイムを鳴らすと、短い廊下を走る音がかすかに聞こえ、ドアが開く。

「おう……今日も眠そうだな」

相も変わらずな寝ぼけ眼の真倉が現れ、俺は思わず苦笑してしまった。

「……だって、さっき起きたところですし……」

目をこすりながら、ぼそぼそと話す真倉。サテン地の亜麻色のパジャマ姿だ。

俺が玄関に入ると、真倉は先にふらふらと廊下を戻っていく。俺も追いかけて部屋に入ると、身体がエアコンの冷気に包まれ、汗がたちまち冷えていくのがわかった。

「今までずっと寝てたのか？」

俺はちらりと、少し乱れたシーツの方を見やる。寝る前に読んでいたのか、シリーズものの漫画が一〇冊近く枕元に散らばっている。

「はい……。今起きたとこ」

「おそようございます。ていうか、学道くんがくるようになる前は、毎日もっと遅くまで寝てたんだよ」

学校で熊田先生と少し話し、補習の課題を受け取ったあとここに移動してくると、だいたいいつも一〇時すぎになっている。それよりもっと遅くまで寝てるとなると、昼近くになっているはずだ。

真倉はベッドに腰かけ、そのままぐでんと横になる。

「早起きしても、いいことないしねー」

「早起きは三文の徳って言うぞ？」

「そんなの嘘です。だって朝早く起きたら朝ご飯食べないとじゃん？　コスパ悪いよ」

「それはまぁ、確かに……」

お昼ご飯が朝ご飯との兼用になっていると、真倉はこの前話していた。有名なことわざがこんなにあっさり論破されてしまうとは。

「それでも、学道くんがせっかくきてくれますので、頑張って早起きしているわけですよ」

「お、おう。それはありがとう……」

「というわけで、さっそく今日もゲームを始めましょう！」

「……おそよう」

「おい」

俺のために、という部分で思わず礼を言ってしまったが、頑張るなら課題をやろう……。

俺が今日受け取ってきたプリントを鞄から取り出してみせると、真倉が「ひぃ」と毛布を頭からかぶってみせる。

「お前、そろそろ課題やらないとまずいんじゃないのか？」

もし夏休みの始まりから一度も手をつけていなかったとしたら、相当な量が溜まっていることになる。

「さすがにヤバいぞ」

俺が続けて言うと、真倉が毛布からちらとだけ顔を覗かせる。

「わかりました。寝起きなので、頭が回るようになるまでゲームしましょう」

「……そのあと課題？」

こくこくこくと頷く真倉。

「じゃあまぁ、そうするか」

その俺の返事を聞くやいなや、真倉が毛布から飛び出してきた。

「さー、今日はどれやりますか？　学道くんもやろうね！　あ、でもでも、昨日プレイしたＲＰＧの続き。夜一人でやっても謎が解けなくて、一緒に考えてほしいかも」

さっとゲームの電源を入れ、コントローラーをカチャカチャ操作する。ゲームのロード画面の間に飲みものとチョコを準備して、ロードが完了すると同時にクッションに背を預ける効率のよさ。

……真倉さん、もう頭回ってますよね？

＊

気づけば、夕方になっていた。

真倉のプレイするRPGを一緒に見たり、レースゲーム、落ちもの系のパズルゲームで勝負していると、時間はあっという間にすぎていた。

「タイプリープしたみたいだな……」

俺がそうぽそっと漏らすと、真倉がにやりと笑みを浮かべる。

「その感覚を味わったってことは、また一皮剥けたね。学道くんも楽しんでたってことですよ、堕落生活を」

そういうこと、なのかもしれない。

初めのうちは「課題課題」と真倉に催促していたが、やがてそれを忘れゲームの方に熱中していた。真倉にうまく誤魔化された、というのもあるだろうが。

　コントローラーを置いてふぅーと伸びをした真倉が、「あら?」と首を傾げる。

「そういえば、今日はなんだかのんびりしてますね。もういい時間ですが」

「ああ、まぁ、今日は塾の授業が休みだから」

　真倉の部屋に通い出してから、自習室は夕方から授業時間までの間、少しだけ利用する程度になっていた。つまり、自主学習の時間が大幅に減っている。これは間違いなく、真倉との堕落生活による影響だ。そして、塾の授業が休みとなれば、急いで自習室へ向かう必要もない。

　そんなことを考えていると、真倉がとんでもないことを口走る。

「なるほどです。……別に、普段から授業なんてサボっちゃえばいいのに」

「いや、それは……」

「えー」

　塾の授業では、予習や復習だけではわからない問題の解き方のコツや、関連知識が手に入る。これを受けないのはもったいないだろう。

　……いや、そもそも、授業内容に関係なく、塾を休むという行為自体考えたこともないのだが。

　結局、俺は自分の勉学に大打撃が出ない範囲で、適度に堕落しているのだ。今思えば、それは本当の堕落とは言えないような気もする。

「……授業をサボると、塾から親に確認の連絡が入るんだよ。親から休みの連絡を入れないと」

「あー、そういうのあるんだ。……親、厳しい？」

「まぁ、厳しいな」

　ちらりと、母親の顔が頭によぎる。こうして脳裏に浮かぶ母親の表情には、必ず眉間に皺が寄っている。

「ふーん……」

　真倉はちらちらと俺の表情を窺っていたようだが、やがて再び息をつき、横向きにぐだーっとしなだれかかるようにクッションに沈みこんだ。

　俺もそれに倣い、クッションにもたれつつベッドに頭を預ける。

　二人共、しばし無言でだらだらしていた。

　あんまり遅くなるのもあれだし、そろそろ自習室へ向かおうか……。でもなんだかこう、一度怠けてしまうとどうにも気力が湧かない。だからと言って、早めに家に帰っても、それはそれで面倒なことになるのが目に見えてるし。

　とにかく今は、冷たいシーツが気持ちいいなぁ……。

　俺がそう、いつもより鈍い思考でぼやぼや考えていたときだった。

「じゃ、じゃあさ……」

　隣から、小さな声が耳に届いた。

「ん？」

　俺が訊き返すと、先程より幾分か大きな声で「じゃあさ」と真倉が言う。

「今日さ、と、泊まってく？」

「………………」

　俺はしばし、停止してしまった。

「『と、泊まってく？』と聞こえたが？」

「うん。聴力の方は大丈夫だよ」

「そうか、よかった。……じゃなくて、えっ、泊まり⁉」

　思わずもたれかかっていたベッドから身体を起こす。

「そう。塾、ないんですよね？」

「ないけど……えっ？」

「お泊まりすれば、このままだらだらできるし、もっと遊べるじゃん」

「それはそうだが……」

真倉は当たり前のように話してくる。最初は少し恐るおそるな口調に思えたが、なんなら今は口角を上げた不敵な笑みを浮かべている。

どうも、この事態を深刻に捉えているのは俺だけらしい。

女子の部屋でお泊まり。これまで想像したこともなかったが、だけどなんだかそれはいけないことのような、咎められることのような。何が、とは言えないのだが。

でも――、

「いいのか？」

俺が訊ねると、真倉はこくんと頷く。

いい、みたいだ。

俺の方はどうだろう。塾の授業はない。自習室で夜まで、という気分でもない。そして、この時間から帰れる場所もない……。

親には友達の家に行くことにすればいい。塾の友達と一緒に勉強するのだと言えば、きっと何も言ってこない。ほんとはそんな親しい友達なんていないのだが……。

答えを待つように、真倉がちろちろとこちらに視線を向けてきている。

俺はこくっと唾を飲み、口を開いた。

「じゃ、じゃあ、泊まらせてもらおうかな」

　彼女の顔がぱぁっと明るくなる。

　それを見ながら、俺はなんだか下腹辺りがそわそわとしだすのを感じていた。

「ご飯にする？　晩ご飯にする？　それともメ……シ？」

「怒涛（どとう）のメシ推（お）し⁉」

「だって、お腹すかないですか？　長い夜に備えて腹ごしらえしないとですし」

　本日真倉の家に泊まることを決め、親に簡単なメッセージで連絡を入れた俺に、真倉がそう話しかけてきた。

　本棚（ほんだな）に置かれている時計を見れば、時刻は一八時に差しかかろうかというところ。確かに、晩飯について考えだす頃か。

「じゃあまぁ、メシにするか」

　俺が言うと、真倉は「よーし」と何やら腕（うで）まくりを始める。

「ん？　どうしたんだ？」

「あ、わたし作るよ！」

「えっ？」

作ってくれる、のか？　なんというかそれはつまりそのいわゆる……。

「い、いいぞ、わざわざ悪いし。てっきり、コンビニかどこかで買ってくるものかと」

「あ、学道くん！　照れてるんですね、女の子の手料理に」

「いや……、その、ほんとに料理できるのかなって」

言いながら俺はちらりと、ローテーブルの上を見る。昼に彼女が食べていたカップ麺の容器とジュースの空ペットボトルがそのまま置かれている。

「あ、バカにしてますね！」

「そ、そんなことはないが……」

なんというか、堕落と家事は正反対のイメージで、真倉からその言葉が聞こえてきて驚いたというか。

まぁ、女子――真倉の手料理を食べられるというところに、少しドキッとしたというのもなくはないが……。

「料理、普段からしてるのか？」

「うん。夜はね。冷凍食品とか出前とか飽きたというか、自分で作っちゃった方がおいしいというか」

俺は「ほぅ」と感心交じりの吐息を漏らす。どうも自信はあるようだ。期待してもいいのかもしれない。

真倉は口の端を上げてにやっと笑った。

「ふっふっふ。見せてあげましょう、究極の堕落メシを！」

「おい待て、ネーミングに不安しかねぇ」

まぁ任せなさいなー、と間延びした声で言って、真倉は腰を上げる。ミニキッチンのある廊下の方へ。

名前に懸念はあれど、ご馳走してもらう身分でこれ以上文句は言えない。俺は大人しく待つことにする。

「あ、ゲームでも漫画でもなんか適当にしててくださいー」

真倉が何やらカラフルな布を持って、一旦部屋に戻ってくる。

「なんだ、それ」

「これ、エプロンです。汚れたら嫌なんで」

言いながら、布を広げてささっと身に着ける。手首につけていたゴムで後ろの髪を一つにくくり、それから両腕を広げてその格好をこちらに見せてくる。

「どうです？　パジャマエプロン」

亜麻色のパジャマの上に、大きな花の総柄エプロン。パジャマエプロンなんて初めて聞いたぞ。

なんと感想を述べれば……。「どう？　どう？」とキラキラした瞳がこちらに向けられている。

「に、似合ってるぞ」

「やったー。どう？　魅惑的？」

「なんというかその……家庭的」

「か、家庭的⁉」

真倉の顔がぽっとほんのり赤くなる。

「そっかー。見えちゃうよねー、家事できるように。やー、まいった、いい奥さん感が出ちゃってるかー。奥さんなんて歳でもないけどー」

何かを誤魔化すように早口で、真倉がそう続ける。

「家事……」

俺は小さく呟いた。

違う。そういうことが言いたかったんじゃない。

「なんというか、家庭的……を超えた家庭的というか。アットホームというか、それこそ堕落感が強いというか……」

だって、パジャマの上にエプロンだし……。

「褒められてなかった⁉」

俺の言いたいことを理解した真倉が、驚きの声を上げる。

家事ができる感じよりは、家でだらだらしながら片手間に料理をしている感じが出てしまっていた。

「もー、新妻気分を返してください」

と、真倉が唇を尖らせてくる。新妻気分なんて味わってたのか……？

対して俺も、これはこれでお互い気を許した恋人同士感があるなぁ、なんてちらっと思っていたことは、恥ずかしいので内緒にしておくことにした。

「と、とにかく、ゆっくりしててくださいね！　ゲーム画面、消してもいいよ。あ、匂いが部屋にも充満しちゃうので、ドア閉めます」

そう言い残し、真倉がドアを閉めて廊下へと出ていく。廊下と部屋を隔てるドアには磨りガラスがはまっており、すぐに廊下側でパッと灯りが点いたのがわかった。

さて、どうしようか。

俺はひとまず、床に置いていた鞄を引き寄せる。自習室に行かない分、少しでも勉強しておくか。そう思い、参考書を取り出すも、それを開く前に少しぼーっとしてしまう。

廊下から聞こえてくる包丁のリズム。じゅーと油が熱される音。繰り返し流れるゲームのＢＧＭ。カーテンの隙間から差しこんでいた光はいつの間にかなくなっており、シーリングライトの灯りだけが室内を白く照らしている。

真倉とは知り合ってまだ二週間ほどだ。そんな女子の部屋に、今一人ぽつんと座っている。改めてその状況を意識すると、なんだか不思議な気分になってきた。

「……………」

勉強をしておきたくても、どうにもその気分にならない。俺は参考書を床にそっと置き、小さく息をついた。

他にすることといえば、ゲームや漫画か……。しかしながら、ご飯を作ってもらっている手前、そんな娯楽で時間を潰すというのは少し気が引ける。ただ、何もしていないのも変だし、手持無沙汰でもあるので、俺はテレビのリモコンでゲームの外部出力から地上波にチャンネルを切り替えた。

ちょうど音楽番組がやっていて、俺はぼんやりとその画面を眺める。知らない歌手が登場して、お馴染みのあの名曲、とやらを披露し始める。聞いたことのあるような、ないような……。

にしても、こうしてゆっくり音楽を聴く――いわゆる音楽鑑賞というような行為をするのは、いつぶりだろうか。

そんな暇があれば勉強をしていたし、移動中にイヤホンをしても聴くのは英語のリスニングトレーニングの教材だった。

デビュー二〇周年になるというロックバンドがしっとりした曲を歌いあげ、地下アイドルからデビューして五年目という実力派アイドルグループが元気な挨拶で登場する。

そのとき、ブーブーブーと、どこかからスマホの着信を知らせるバイブ音が聞こえてきた。床に置いている俺のスマホは点灯しておらず、おそらくベッドの方に放ってある真倉のスマホだろう。

知らせようか迷っているうちに、着信は終わってしまう。

かと思ったら、三〇秒ほどあけて、もう一度かかってきた。中々鳴りやまない。

今度こそ真倉に伝えようと、俺が立ち上がりかけたときだ。

「学道くーん。もうすぐ完成だよー」

ちょうど廊下へのドアが開き、真倉がこちらに顔を覗かせた。

「えっ、もうか？　速いな」

時計を見れば、まだ真倉が料理を始めてから一〇分ほどしか経っていない。

「ふっふっふ。いかに手間をかけずに楽して作るかが堕落メシのポイントだからね」

そのセリフだけ聞けば、少し不安になってしまいそうになるが、キッチンの方からは食欲のそそる香ばしい匂いが漂ってきている。俺は思わず唾を飲んだ。

「あとはお米が炊けるだけですー。あ、何かしてた？」

真倉にそう訊ねられ、俺は首を横に振る。

「いや、何も。大丈夫だ」

「そうですかー。じゃあ……」

急にセリフが途切れた。

「ん？」

どうしたんだろう。気になったが、俺が訊ねる前に真倉がドアをさらに開けて部屋に入ってくる。

「つ、机、片づけないとですね。ご飯食べる準備じゅんび」

へへへ、と照れたような笑みを浮かべ、真倉はローテーブルの上に残っていたゴミを片づけ始めた。リモコンを操作してテレビを消し、晩ご飯の準備万全といった感じである。

「あっ、そうだ！　さっき、電話きてたぞ？」

「電話？」

真倉が小さく首を捻り、ベッドの上のスマホに手を伸ばす。

そのときだった。

ピンポンピンポンピンピンピンポーン、と、気ぜわしい玄関チャイムの音が室内に響き渡った。

「わおおっ！　はいはーい！」

真倉が慌てた声で返事をし、立ち上がる。

「で、出るのか？」

俺は驚いて訊ねた。真倉は今、パジャマエプロン姿だ。おそらくそれは、来客には見られたくない格好のはずだが……。

しかし真倉は、こくこくと頷いた。

「うん。外から見れば電気点いてるから居留守ってバレるし、このチャイムの鳴らし方は誰だかわかるので。多分、酔ってるな……。あっ、でも、学道くんはちょっと隠れてた方がいいかもですね」

「俺？」

「はい。リビングのドアは閉めていきますので、静かにしていてくれますか？　靴も隠すから」

「あ、ああ」

何やら俺がいるとまずい事情があるらしい。俺――というより、男がいるとバレたくないのか？　だとしたら、パジャマ姿を見られてもいいことも鑑みて、相手は親とか親戚？

もしかして彼氏とか？　……まさか。

そんな考えを巡らせている間に、またチャイムがピンポンピンポンポンピンポーンと鳴らされる。

「じゃあ、お願いします！」

そう言ってぴっと敬礼をし、真倉がドアを閉めて廊下へ出ていく。すぐに「はーい」と玄関の扉を開ける音が聞こえてきた。

そして――、

「で、電話出ないと思ったら、お、お、お、男連れこんでやがった⁉」

そんな、少しハスキーな女性の叫び声が聞こえてきた。

……即行でバレていた。

「お、男の子？　な、なんで？」

真倉が慌ててそう訊き返している。

そうだ。俺はこっちの部屋で息を潜めているし、靴も隠してくれているはずだ。なぜこんなにもあっさり男がいると断言できるのか。

「いや、あんたが手料理なんて、滅多なこと……。男がきてるとしか考えられないでしょ。てか、そもそもお皿二人分出してるし」

「あ、やば……」

お皿二つ……。真倉さん、初歩的かつ致命的なミスを犯していた……。

「あんた、電話も出ないほど夢中になって何してたの？　えぇ？　おぉ？」

「や、ごめん、普通に料理してて気づかなかった」

「……え、あんた、料理中スマホ見てないの？　レシピとか、手順とか」

「うん。慣れた料理だと、見ないよ？」

「な、なんという女子力……」

女性のハスキーボイスが、動揺に揺れていた。

しかし、立ち直りも速い。

「てか待って、冷静になって、こいろが男……？」

「な、何さ？」

「どこで、どういう経緯で、どんな気持ちの変化で、そんなことに？」

「べ、別に、わたしだって、友達の一人くらいできるよ」

「いや、あんた、最近引きこもってんでしょ？　あんたが心許せるって、どんな相手なの

「……」

「たまたま課題を届けてくれた人で——って、あっ！」

真倉の言葉の途中、玄関の扉がガチャンと閉まり、廊下をどすどす歩いてくる音がする。

「マジか」と思ったが、どうしようもなかった。

「待って！　弥子ちゃん！　何する気？」

「確認しないとね。どんな子か！　頼まれてるから」

頼まれてる？　いや、それより隠れた方がいいのか⁉　でも、もうそんな時間——。

結局、何もできず座ったままの俺の目の前で、廊下と部屋を隔てていたドアが勢いよく開かれる。

じろり、と、真っ直ぐで迫力のある眼光で見下ろされた。

肩までの長さの明るい茶髪、すっと通った鼻筋、気の強そうな切れ長な目。ちょっとギャルっぽい、でも本人にギャルって言ったら否定をされそうな、若干派手な見た目だがとても綺麗な人だった。

そして目を引くのが、その服装だ。

彼女はパンツスタイルのスーツ姿だった。加えてなぜか、片手にビールの缶を持っている。少し火照ったような赤い頬。缶を口につけて軽く傾けながら、あんぐり口をあけて固まっている俺に目を細める。

「ちょっと、弥子ちゃん」

そう声をかけながら、真倉が廊下から俺と女性の間に入ってくる。

と思ったら、

「……弥子ちゃん？」

すぐにそんな困惑した声を漏らした。俺もその事態に気づき、息を呑む。

泣いていた。弥子ちゃんと呼ばれる女性が、肩をかすかに震わせ、目に涙を溜めている。

我慢できなくなったようで、腕でがばっと目元を覆った。

「うわーん、こいろー」

泣きながら、真倉に抱き着く女性。

女性の肩を受け止め、背中を優しくさすりながら、真倉は俺の方に困ったような表情を見せてきたのだった。

*

「……そっか。フラれちゃったんだ」

「……うん」

「それで、お酒いっぱい飲んだんだ？」

「……うん」

「それから、話を聞いてほしくて、わたしの部屋に突撃してきたって感じ？」

「……そゆこと……ぐすん」

「泣かなくてもいいじゃん」

「……こ、こいろが男といちゃいちゃしてるの見て、なんか悲しいと寂しいと羨ましいがごっちゃになって……」

「い、いちゃいちゃなんてしてないよ⁉」

言いながら、真倉は女性の頭を撫でる。突如乱入してきた彼女は、弥子さんというらしい。

今は俺がベッドに腰かけ、真倉と弥子さんが床でクッションにもたれている形だ。弥子さんは真倉にしなだれかかるような格好で、胸に頭を預けている。なんというか、甘えているというか。弥子さんの方が、俺たちよりかなり年上に見えるのだが……。

「大丈夫だよ、弥子ちゃんならきっといい人絶対見つかるよ。今回はたまたま相性が悪かっただけ」

真倉がそう、弥子さんにフォローを入れる。

弥子さんはフラれてヤケ酒し、ここにきたらしい。

「ほんと？」

弥子さんが涙目で、真倉を見上げた。

「うん、ほんとほんと。ね？」

すると真倉が、俺の方に話を振ってきた。おい！

「あ、ああ。できますよ、きっと」

俺はなんとか会話を繋ぐ。

この人のこと全く知らないんだが。話を回されても、うまいフォローできないぞ……。

そう思っていると、弥子さんがむくりと身体を起こす。乱れた前髪がかかった目で、じろりと俺を見てきた。

「ほんとに、そう思うか？」

「は、はい。思います」

「そっか……。お前、いい奴だな」

単純だな！

弥子さんは手でおもむろに前髪を掻き分け、それからもう片方の手にずっと持っている

缶ビールを呷る。

「出会いはマッチングアプリだった」

なんか語り出したぞ……。

「深夜に登録した、新しいマッチングアプリ。盛った写真でなんとか若い子とのやり取りまでこぎつけ、お互いビールが好きってことで私たちビアーズね、なんてマッチングアプリの名前をもじったりなんかして意気投合。さっそく翌日ご飯に行くも……話が合わず撃沈。年齢の差が原因なことが、節々から感じられて大ダメージ。深い傷を負った。全治一生」

「あー……。弥子ちゃんもまだ若いのにね？」と真倉。

「あたしもそう思ってたんだけど……話しているとやっぱり、ね。全く盛り上がらず空回りばっかり。というか、あたしの普段の生活から、できるトークって仕事のことかお酒のことくらいだし……」

美人なお姉さんといった印象だが、実際いくつくらいなのだろう。俺がそう考えていると、それを察したのか、真倉がこっそり三一、と指で教えてくれる。

弥子さんはもう一度ビールの缶に口をつけ、大きく傾けた。缶の中身を飲み干すと、ふぅーと息をつく。

「そもそも、ビール好きって言ってたくせに、二杯目でハイボールを頼む奴とは、最初から分かり合えなかったんだ」

「そ、そうですそうです」

弥子さんの視線がちらりとこちらに飛んできて、俺はこくこく相槌を打つ。それって負け惜しみでは、なんて決して口にできない。

「おー、やっぱお前、いい奴だ」

そして俺は、順調に気に入られつつあった。

そのタイミング？を見て、

「改めまして、友達？の弥子ちゃんです。こちらは根来学道くん」

そう真倉が弥子さんを紹介してくれる。

「友達、のあとにハテナマークがついてた気がしたが」

気になって、俺は訊ねる。

「や、ちょっとややこしいんだけどね。直の友達じゃないというか、従姉のお姉ちゃんの友達で、昔から知り合いではあって。お姉ちゃん交えて結構遊んだりしてて。最近弥子ちゃんの住むこのアパートに引っ越してきて、さらに仲よくなったというか」

「もうそれ友達でいいだろ。あたし女にまで振られんのか？　また泣くぞ？」

「ごめんごめん」

真倉が笑って、また弥子さんの頭を撫でる。その様子は、本当に仲のいい姉妹のようである。

真倉の方も弥子さんには完全に気を許しているようで、パジャマ姿でも平気で玄関を開けた理由がわかった。

「同じアパートに住んでるんですね」

俺の言葉に、弥子さんが「ああ」と頷く。

「こいろが二階の左端で、あたしが一階の右端」

「へぇ、偶然ですか？」

「……や、弥子ちゃんが住んでるから、ここを選んだの」

真倉がそう答えてくれる。本当に仲がいいようだ。

「にしても、ご飯前に邪魔したな。いやー、普段はお酒強い方なんだが、今日は変な酔い方しちまって」

弥子さんがしっかりと身体を起こし、俺たちに向かって言う。もう目から涙は消えている。

「ほんとだよ。まぁ、ご飯炊けるの待ってる間だったから全然いいんだけど。でも、押し入ってくるのはびっくりだよ」と真倉。

「まさかこいろまで誰かに取られちまうのかと。いったいどんな奴が相手か確かめないと思ってな」

「取られるって……」

　真倉がどこか柔らかい苦笑をみせる。

「俺、真倉に補習の課題を届けにきてるだけで……それからちょっと仲よくなりましたが、別にそんな変な関係ではないですよ？」

　俺がそう言うと、真倉もこくこく頷いた。

「それはなんというか、学校の友達……？」

「あー、まぁ、そんなところでしょうか」

　堕落の教え子です、と言っていいものか。わかりかねたので、ひとまずそんなところにしておく。

「根来くん、すごく頭いいんだよ？　塾もいっぱい通ってるの。それで、課題を教えてくれるってことになって、部屋にきてもらってるの」

　真倉がそうフォローをしてくれる。

「へぇ。それはそれは。将来有望じゃあないかい。キミ、何か夢はあるのか？」

「夢……は特にないですが……」

「ふーん。あたしはあるぞ。早めの結婚だ」

「それは夢というか願望というか……」

真倉が苦笑いでそう答え、弥子さんが「おい」と肘で真倉の脇腹を刺す。

「にしても、こいろが男の子を家にねぇ……」

なんだか意味深な視線を、弥子さんが向けてきた。

ん？　なんだろう。俺は首を傾げる。

「や……。根来くん、キミ、世間知らずだって言われないか？」

「なっ、なんすかいきなり。どういう意味ですか？」

「いや、いい意味だよ、いい意味」

そう言って、弥子さんはふふふっと笑う。やはり何か意味あり気である。

しかしそんな疑問も、次の彼女の一言でどこかへ流されてしまう。

「……ていうか、よく見たらキミ、顔はいいな。髪をいい感じにカットすれば、中々の男前？　さすがこいろの選んだ男というか。よかったら連絡先――」

「ちょい待ちっ⁉　人の家で逆ナン始めるな！」

慌てた様子で、真倉が間に入ってきた。広げた手で弥子さんの視界を覆うような仕草を見せる。

「おっと危ない。つい癖で男の子の連絡先をほいほい訊こうとしてしまってた」

「癖⁉　やばいよ弥子ちゃん。出会いに飢えすぎて見境がなくなってるよ」

「すまんすまん。にしても、こいろ、男を取られそうになって必死だな」

にしししと、からかうように笑う弥子さん。

「ちょ、学道くんはそんなんじゃないから。とにかく！　この話はもう終わり！　弥子ちゃん、もうここまできたらご飯食べてくでしょ？　男の子いるから多めに作ったの」

心なしか顔を赤くした真倉が、無理やり話を変える。

「食べるー！　なんか食欲出てきたな！」

「ご飯炊けた音してたから、すぐ用意できるよ。大人しく待ってて」

真倉が立ち上がり、歩きだす。

ドアを開けて廊下に出て、それからくるりと振り返った。

「一応、私語厳禁！」

そう言って、一度睨みを利かせドアを閉める。

なんだか今日の真倉は、数週間一緒にすごしてきて初めて見る表情をたくさんしているな、と俺はぼんやりと考えた。

「はいドーン」

「うおおっ」

俺と弥子さんがリビングで待っていると、突如、真倉が勢いよくドアを開けてきた。俺はびくっと肩を跳ね上げてしまう。

「な、なんだ急に」

「はい、丼です」

そう言いつつ、部屋に入ってくる真倉。その手に二つの丼鉢を持っている。

「どうぞー、召し上がれー」

ローテーブルに丼鉢が置かれ、その中身が目に入った。

「おお！　うまそうじゃないか！」

俺は思わず姿勢を正した。

とにかく香りがいい。味噌を使っているのか、甘辛い匂いにじんわりと唾液が分泌される。白米の上には、炒められた肉、ナス、そして彩りを加えるピーマン。それぞれ食べやすいサイズになっており、ご飯と一緒に掻きこみたくなる。

「おいしいよー。ザ、堕落メシ！」

　言いながら、真倉はキッチンからお箸とお茶の入ったグラスを取ってくる。

「堕落、なのか？」

「そうですねー。堕落、に相応しい簡単手抜きメニューです」

「こ、これで手抜き……」

　弥子さんが驚いたように目を大きくしながら丼を覗きこんでいる。

「このくらいは手抜きの範疇だよ？　野菜、切る。肉と、炒める。タレ、作って入れる。ご飯に乗せる」

「待ってこいろ。今のだけで四手間かかってるじゃん」

「手間って……。せめてご飯に乗せるくらいは数えないでおこ？」

　弥子さん、料理苦手なのかな……。その比較で、真倉がとても堕落とはほど遠い立派なお姉さんに見える。

　しかしながら、真倉も真倉で簡単に言うが、目の前にあるのは立派な料理だ。逆に手を抜いてこれを作れるなら、本気を出したらどうなるんだ。

「とにかく、温かいうちに食べてみてください。男の子は絶対好きだから！」

　そう言われ、俺は箸をとる。肉とご飯を一緒につかみ、口へと運んだ。

「これは……」

そう呟きながら、もう一口味わう。

真倉が俺の顔を見つめながら、こくんと唾を飲むのがわかった。

「う、うまいな！　いや、ほんとに、めちゃめちゃご飯に合う。というか、いくらでも食べられる」

男子は絶対好き、という真倉の言葉の意味がわかる気がした。甘辛なタレが絡んだ肉は間違いなくおいしいし、ナスはとろとろでこちらがメインでもいいくらい絶品だ。ピーマンの苦みがアクセントになり、食べるのを飽きさせず、本当にご飯が永遠に進む。

「でしょでしょ！　よかったですー」

真倉はどこか安心したようにほわっと頬を緩めたあと、廊下のキッチンへ自分の器も取りにいく。

「いや、これビールにも合うぞ。こいろ、ビール」

「自分ちに取りに帰ってください」

「えー、ケチ」

「や、未成年の部屋の冷蔵庫からビール出てきたらいろいろと問題でしょ」

そう弥子さんの言葉を軽く流しながら、真倉も食べ始めた。

「ごめんね、手抜きで。堕落メシというか、男メシというか」

「いやいや、こういうのもめちゃめちゃアリだ」

俺は本心からそう答える。家の、母親が作ってくれる料理とは、また違った温かさがある気がする。

味つけのメインは味噌と豆板醤だろうか。食欲がどんどん湧いてきて、暑い夏でもスタミナがつきそうである。

「ほんとに？　手抜きだよ？」

「うまいが正義だな」

「盛りつけ方法は洗いものが少なくなる丼一択だったよ？」

「お、おう。徹底してるな……」

少し反応に困った俺に、真倉は面白そうにくすくす笑う。それから水を一口飲み、ふぅと息をついた。

「でも、そっかー。そう言ってもらえると嬉しいなー」

真倉は目を細めながら、丼の方を見ている。穏やかな口調だ。

「こっちこそ、作ってくれてありがとう」

「いいよー。男の子に料理食べてもらうのって、初めてだ」

「へぇ……」

初めて、なのか……。

ちろっと、俺は真倉の顔を窺ってしまう。すると、彼女もこちらを窺っていたらしく、視線が重なった。

瞬間、その頬がぽっと赤く染まり、彼女は慌てたようにあわあわと口を動かした。

「あ、と、途中まで食べたら卵落とす？　き、黄身が絡んでもう絶景だよ！」

「お、おお、いいなそれ」

俺の返事を聞いて、真倉が「そうしようそうしようー」と繰り返す。

男性への初めての手料理が、俺……。

なんだかそれは、妙にむず痒いような、恥ずかしいような。腹の底がそわそわとする、初めての感覚だ。

真倉もどぎまぎしていたが、同じような気分なのだろうか。

そんなことを考えていると、隣でにやにやと笑う者がいる。

「おおー、いいねー、青春だねー」

弥子さんだ。笑いながら、もうとっくに空になった缶ビールをもう一度傾けている。

「弥子ちゃん！」

真倉がむっと睨みを利かせるも、弥子さんは構わずへらへらしながら俺の方に話しかけてくる。

「根来くん、いくらこいろが料理上手だからって、入り浸ってヒモみたいになっちゃダメだぞ」

「いや、ならないですよ」

むしろヒモなら俺が料理しないといけないんじゃないのか？　知らないが。

「ああいった男はみんな、母性本能をくすぐる術ばかり身につけて……。練習用のギターを買ってあげただけで音楽を始めた気になって、バンドで有名になるから応援してとか言って、一緒に夢を追いかけてるわくわく感を与えつつ、実は三日くらいで練習をやめてたってオチ。あるあるすぎて涙が出る……ううう」

やばい、話が飛躍してきてる。しかも実体験に基づいて……。

弥子さんはまた中身の入っていないビールの缶を垂直に傾けて、それからすんすんと洟をすする。

「青春……。いいなぁ青春。あたしの青春……」

「やばい、弥子ちゃんがバッドに入ってる。ほぉらよしよし。まだ振られたてなんだし、今日はゆっくり休みなー」

「振られたて……ううう」

真倉さん、それはオーバーキルでは？　いや、さっきからかわれた仕返しなのか？

「くそう、今日は飲むぞー！」

「もう……。なんかつまめるもの作る？」

肩を組もうとする弥子さんを、するりとかわして立ち上がる真倉。「おおっ、さすがこいろ！」と、床に手を突きながらも弥子さんは楽しそうに言う。

こんなふうにみんなでご飯を食べるのも、賑やかにわいわいすごすのも、初めての経験だ。

案外いいものだな、と、俺は二人を眺めながら考えていた。

☆

ドアの向こうで、シャワーの音がする。

わたしの家なのに誰かがお風呂場を使っていて、その音を聞きながら待っているのが新鮮だ。

そもそも、交代でシャワーを浴びるという行為自体がわたしにとっては非日常すぎて、ずっと不思議な気分なのだが。

晩ご飯を食べたあとしばらく話して、弥子ちゃんは帰っていった。

『こいろ、決して間違いは起こさないようにな｜。うはは』

なんて、楽しそうにいらぬ念を押して。それから、

『大丈夫そうで安心したよ』

とか。……まだ酔っぱらってたな。ちゃんと部屋まで帰れただろうか。

二人になって、わたしと学道くんは交替でお風呂に入ることにした。今日はお泊まり会。夜はゲームで長丁場になる予定なので、ここで一旦整えておかないと。

エアコンのない廊下で料理をして、汗をかいて気持ち悪かったので、わたしが先に入らせてもらい、今は学道くんの番だ。

――てか、お風呂の音、こんなに漏れてるのか。……あれ、わたし、鼻歌とか歌ってなかったよな。

首にタオルをかけたままそんなことを考えていると、シャワーの音が止む。ガチャンとお風呂場の扉が開かれ、学道くんがお風呂から上がってきた。そして、ドアの方を窺っていたわたしは――思わず目を見張った。

リビングと廊下を隔てるドアの、嵌めこみの磨りガラスに、何やら肌色の影が現れたのだ。

ドクン、と心臓が弾んだ。

こ、こ、これ、学道くんの、かか、身体……？

——こ、こんなに見えてたのか。……待て、わたし、服着ないで出てきたよな……。

最悪な事実に気づかされそうになっていたわたしは、ぶんぶんと首を横に振る。まだ髪が乾ききっておらず、若干頭が重い。

あまり考えないようにしよう、そうしよう……。

廊下の方から、何やらがさごそ荷物を漁るような音が聞こえてくる。確か、学道くんはお風呂場に自分の荷物を鞄ごと持って行っていた。

でも待てよ——。

泊まりが決まったのは、急遽のことだった。学道くん、パジャマとか、持ってきてないよね……。

わたしはささっとクローゼットの前に移動し、持っている中で大きめのパジャマを何着か引っ張り出した。

しばらくして、控えめにドアが開く。現れた学道くんは、案の定、朝から着ていた学校の制服姿だった。着替えの服がなく、もう一度それを着たのだろう。

「おつかれー。これ、着ていいよ」

わたしはひとまず一着のパジャマを学道くんに差し出す。

「あ、ありがとう。着ていいのか……って、この前着てたサメじゃねぇか！」

「あははは。似合うかなと思って」

笑いながら、わたしは学道くんがサメパジャマを着ているのを想像してみる。……中々可愛い。

でも、真面目な学道くんは困り顔だ。

「いやぁ、さすがにこれは……」

「嘘うそ、冗談だよー。それ、多分学道くんには少し小さいし。ほんとはこっち」

言いながら、わたしは学道くんからサメパジャマを受け取り、代わりに見繕った数枚を渡す。

さらさらとしたレーヨン地の前開きパジャマに、普段使いからパジャマに昇格させた緩めのロンT。あと、メンズが着ても違和感ないチェック柄のセットアップパジャマ。

もともと大きめの作りのものもあれば、ゆるだぼっと着るためあえて大きめを買ったものもある。

「どれでも選んでください」

そんなわたしの言葉に、学道くんはパジャマに目を落とす。そのお眼鏡に適ったのはチエック柄のセットアップだった。

「これ、ほんとに着ていいのか？」

「うん！　いいですよー。ウチはふらっときて手軽に泊まれる堕落施設だから」

「娯楽施設みたいな言い方だな！」

わたしの軽いボケも、学道くんはしっかり拾ってツッコんでくれる。それはとてもありがたい。もしそこで、『何言ってんだ』みたいな顔をされたりしたら、わたしは多分立ち直れない。

廊下で着替えてくるという学道くんを見送りながら、わたしはそんなことを考えていた。

そもそも、わたしが堕落メシなんて披露しちゃうとは。いや、それよりも前に、こんなパジャマ姿で人前に出ているなんて……。

相手が学道くんだから、できていることなのだろう。

でも、少しはわたしも、変われているのだろうか……。

カチャンと音がして、扉が開く。

「……どうだ？」

そんな声と共に、学道くんが部屋に戻ってきた。両腕を広げて、わたしにパジャマを見せるようなポーズをとる。その照れたような表情が可愛くて、わたしは少し笑ってしまった。

「へ、変か？」

「ううん！　めちゃめちゃ似合ってます！」

学校の制服以外の格好をしている学道くんを初めて見たので、とても新鮮である。というか、わたしのパジャマを男の子が着てるの、なんだか変な気分だ……。

……と、とにかく、サイズが合ってよかった！

「ねね、学道くんも、ウチ用の部屋着買いませんか？　せっかく家なのに、制服だと休まらないでしょ」

「あー、まぁ確かに。こんな感じで廊下で着替えさせてもらえるなら……」

「じゃあさっそく！」

わたしはベッドの枕元に置いてあったノートパソコンを手に取った。電源を入れ、ブラウザを開く。

さっそくタッチパッドをすいすい操作し、上部に並ぶタブの中からショッピングサイトのマークをクリックした。

「学道くん、ショッピングデートだよ」

「これはデートと言えるのか……？」

学道くんがそうツッコミを入れつつも、顔を近づけてくる。画面を少し彼の方へ向けて、わたしたちは二人でショッピングページを覗きこんだ。

「部屋着だし、ジャージっぽいのがいいな」

「もっとひらひらのパジャマっぽいのでもいいんですよ？　わたしとおそろいとかー」

「そういうのは似合わないからな」

「えー、そんなことないのに」

ほんとに、学道くん、髪型はちょっとぼさっとしてるけど、顔はかっこいい方だから、いろんな服が似合いそう。

「こんなのがいいな」

画面の端に表示されていた広告を、学道くんが指さす。それは有名スポーツブランドで今季SS発売の、セットアップのトラックジャケットだった。

「え、待って、めちゃめちゃかっこいいです！　買お」

「そっちこそ待てまて、俺が先に見つけたんだぞ」

「おそろで買えばいいです！　二人仲よく」

「お、おそろ……」

学道くんが少し静かになる。

おっ、おそろに照れたか？　どんな表情をしているのか見てみたいが……わたしもちょっと今は顔に出ていそうで、そちらを向けない。自分で言っておいてなんだが、もし目が合ってしまったりしたら、どんな反応をすればいいかわからない。

……でも、こうしてゲームとか漫画以外にも何か一緒にするの、結構楽しいかも。

学道くんも同じ気分だと嬉しいな。

そんなことを思いながら、わたしはサイズ違いで二着のトラックジャケットをカートに入れた。

❽ふたりの夜遊び

お盆の間は、補習がないらしい。そしてお盆後は、補習の頻度が減るとのこと。

「これまで一度も課題の提出がありませんが——」

朝、涼しい職員室で、俺にお盆前最後の課題を渡した熊田先生がそう口にした。

「根来くん、ミイラ取りがミイラになっていませんか？」

「え、どういう意味ですか？」

動揺が顔に出ていないだろうか。

熊田先生の言葉の意味はすぐに理解できた。補習をやらせる側のお前も、一緒に堕落してるんじゃないかと。間を置かず、すぐにとぼける返事ができたと思うが……熊田先生はじっと俺の表情を見つめてくる。

「噂は聞いています。毎日、こいろちゃんの家に入り浸ってるって。きっと楽しいわよと勧めたのは私ですが……」

「ど、どこから——あ」

思わずそれを認めるようなセリフを吐いてしまった。

でも、いったいどこからその情報を……。

「どうです？　こいろちゃんとすごす時間は？」

「どうですって……」

「楽しいです？」

「……まぁ、はい」

「よかったわね……いや、本当に」

怒っているわけではなさそうで、熊田先生はふふっと呼気を揺らした。少しだけ、緊張が緩む。

「でも、そこまで潜入に成功しているなら、課題提出をなんとかお願いします。このままだと、本当に退学になってしまうかもですので」

「それは……はい」

夏休みももう、折り返しに差しかかっている。このままだと結構やばいことは確かだ。なんとかできればいいが。

「というか、まさかここまで仲よくなるのは予想外で……やってないでしょうね。夜の運動会」

「やりませんって！」

その急に打ってくる下ネタ、本当にやめてほしい。相手が先生なだけにドキッとしてしまう。勉強会から運動会にランクアップ？してるし……。

ちなみに先日一晩お泊まりをしたのだが、もちろんそんな運動会は開催されず、明け方近くまで二人でゲームに没頭していた。

熊田先生はため息をつく。

「なんとか、よろしくお願いします。……私は心配の絶えないお盆になりそうです」

先生には先生の苦労があるようだ。

ただ、ここまで生徒のことを真剣に心配している熊田先生は、実はとてもいい教師なのかもしれない、と俺は考えていた。

*

明日からのお盆の間も、真倉とは会う予定だった。

塾は自習室を含め閉館になる。その間、本来なら俺は行き場がなく、どこで勉強しようかと迷わなければならないところだった。

真倉はお盆の間も予定はないらしい。実家に帰るつもりもないそうだ。

「お盆も泊まりにきますかー？」

彼女の何気なく発せられたその言葉に、「ああ、よかったら」と俺は頷いていた。


その日、お盆前最後の課題を持って、真倉の家を訪ねた際、珍しくアパートの前で弥子さんと遭遇した。

何やらにやにやとした表情で、アパートの敷地から出てきた弥子さんは、俺を見つけて「おっ」と手を上げてきた。今日もスーツ姿で、これから仕事なのだろうか、髪を後ろで一つに括っている。

「久しぶりだな、少年」

「先週会ったばかりですが。……いい人でも見つかったんですか？」

俺がそう訊ねてみると、弥子さんは驚いたように目をぱちぱちとさせる。それからまたにやりと笑い、俺のそばへと寄ってきた。

「根来くん、さすが、よく見てるな。やっぱ出ちゃってるか？　会社の子たちにも、『あれ、弥子さん綺麗になりました？』とか、『最近髪がつやつやだね』とか、言われちゃって。や、別にいつも通りだけどね？　的な。あー、恋って女性を変えるんだなって。久しぶりのこの感覚に、あたし――」

「……顔が」

弥子さんの長くなりそうなセリフに、俺は控えめに声を挿入した。

「顔?」

「はい。ただ顔がにやけてたので、彼氏でもできたのかなと思っただけで」

「に、にやけ!?」

弥子さんは立ったまま姿勢を正し、こほんと咳払いをする。

でも言われてみれば、確かに少し顔色がいいというか、表情が明るいというか。まぁ、最初の出会いが酔っ払いの泣き崩れ状態だったので、あまり比較はできないが。

「お盆、なんかあるんですか?」

ノリノリだった弥子さんの話の腰を折ったのが申しわけなく、俺はそう訊ね直す。

弥子さんははっと俺の顔を見て、それからまた口許をにやにやと緩ませた。単純だな……。

「ジャックポットが当たったんだ」

「ジャックポット?」

唐突なその言葉に、意味がわからず俺は首を傾げる。

「タバコジャックポットな」

タバコジャックポット？　余計にわけがわからず、俺は眉を顰めた。

「今の彼、かしこくて、タバコで貯金をしてるんだ。いつもタバコを一箱ずつ買うんだけど、そのときに絶対千円札を出して、おつりは全部貯金するようにしてるって感じ。そうすると、タバコを吸う＝貯金に繋がるから、喫煙に対する罪悪感が減るのと、最近よくあるタバコの値上がりにも、もともと毎回千円出してるから心的ダメージがほとんどないんだって。すごいだろ」

……すごい、のだろうか。タバコを吸うことに合理性を持たせるための言いわけにしか聞こえなかったが、弥子さんの目はキラキラしている。

「でね、彼、そのタバコ貯金がある程度貯まったら、毎回旅行に行くことにしてるんだって。そんで、ちょうどあたしがつき合い出したときにそのジャックポットがいっぱいになって、このお盆に旅行を予約してくれたの。あー、最高」

「ジャックポットが当たったって、そういうこと……」

やっと意味が理解できた。

「弥子さんって、タバコ吸うんですか？」

「いや、吸わないよ？」

これ、喫煙者の彼が、タバコを吸わない彼女とうまくやっていくために生み出した苦肉の策なんじゃないのか……。

しかしながら、弥子さんはとても幸せそうだ。ならば、俺も野暮なことは言えまい。それ以上は口を噤むことにした。

「根来くんは、お盆、何か予定あるのか？」

弥子さんが笑顔のまま、今度は俺に訊いてくる。

「……いや、特に」

「ふーん。じゃあこいろの部屋か」

「な、なんでそうなるんですか！」

「いやだって、夏休み、毎日きてるんだろ？　最近こいろが朝早く起きてるから、おかしいなぁと思ってな。あ、あたし、飲食系の求人広告やってる会社で働いてんだけど、始業時間遅くて、基本一一時とかに家出んの。その時間でも、ちゃんと室内の灯りが見えるから」

そういえば真倉の奴、俺がくるようになるまではもっと遅くまで寝ていたと言っていた。

「普段毎日きてるってことは、何も予定がないなら当然、お盆も通うだろ？」

「……そうなるんすかね」

実際明日からもくる予定だったので、嘘をついてまで強くは否定できない。

俺の反応を見て、弥子さんはくっくっくと笑う。

「どう？　こいろは」

「どうって言われても……」

いろいろ思うところはあるし、褒めることも、課題を全然やらないと告げ口することもできるが、弥子さんが何を訊きたいのかがわからない。結局俺は、「まだそんなに知らないですが、不思議な奴ですね……」と当たり障りない感想を述べるに留めた。

「あはは。不思議、か。まぁ、不思議だよなぁ」

弥子さんはまたおかしそうに笑い、それからこう続ける。

「でも、こいろにとってはよかっただろうな。この夏、出会ったのがキミで」

「……なんすかそれ」

怪訝に思い、俺は眉をひそめる。

そういえば、弥子さんはこいろがこうして部屋に引きこもっている理由を知っているのだろうか。

しかし弥子さんは含みを残したまま、「あははは。そんじゃあまたな、少年」と歩きだそうとする。

「あ、あの夜、言ったこと覚えてるよな。女の子の部屋で一生だらだら、働きに出ず、ご飯も作ってもらって、お小遣いまでもらっちゃう男にはなっちゃダメだぞ」

「なりませんって、ヒモ男には」

弥子さんは背中越しにひらひらと手を振って離れていく。俺は小さく息をついた。

一生だらだら、外に出ず堕落生活を送ってるのって、むしろあいつの方なんだよなぁ……。

*

その日、真倉の部屋を訪ねた俺は、真っ先にこう切り出した。

「今日から少しずつ勉強しないか？　そろそろ始めておかないと、ほんとに提出が間に合わなくなる」

ダルメシアン柄のパジャマを着た真倉は、「えー」と声を上げ、下唇を突き出して嫌そうな顔をした。

「それはちょっと……腰が重いというか、重すぎて警告ブザーが鳴ってるレベルというか」

「重量オーバー⁉」

くっくっくっと真倉が笑う。

ダメだ。そんな冗談に誤魔化されていちゃいけない。そろそろ退けない時期にきている。

俺は密かにふぅと息をつく。それから、真っ直ぐに真倉を見て口を開いた。

「……俺もさ、実は、学校の宿題やってないんだ」

「えっ」

きょとんと目を丸くする真倉。

「一緒にやろうと思って。だからもう取りかからないと結構ヤバい」

「……そんなの、学道くんは先にやったらいいよ」

「いや、俺は真倉に堕落を教えてもらう約束でここにきている。従って、宿題を始めるタイミングも、堕落の先生に倣おうと思ってる」

「えー、そんなの屁理屈です」

今度は上唇も突き出し、真倉はタコみたいな口になる。

「でも、俺は本気だぞ」

俺は不敵に笑ってやった。

実のところ、宿題なんて数日あれば終わらせることができる。急いでやる必要もなく、あえて後回しにしていたのだが、今回それを真倉を誘う口実に使うことにした。

真倉を騙すことは少し気が引けたが、それも彼女のためなのだ。彼女自身が退学はまずいと思っていることは知っていたので、なんらかの形でやる気を出させてやりたいと思っていた。

俺と一緒になら、真倉も勉強を始めてくれるかもしれない。それに、俺の宿題の進捗を遅らせているとなると、真倉も少しは焦ってくれるのではないか。

唇を尖らせじっと俺を見つめていた真倉が、そのタコさん口をぽそぽそと動かした。

「……仕方ないですね。やります……」

「おお、やろう！」

俺は思わず声を弾ませた。こんなにうまくいくとは。

そんな俺の前で、真倉は両手の指の腹を合わせながらもじもじとしていた。ちらと、上目遣いで俺を見てくる。

何やら言いにくそうにしているかと思えば、

「……学道くんが、教えてくれるんですよね？」

「ん？　課題か？　もちろん、補習の課題くらいならいくらでも教えられる」

「そいつは百人――一万人力だね」

真倉は小さく笑ったあと、課題を置いている部屋の隅の方へ。プリントの挟まれたクリアファイルの束を持って戻ってくる。

さっそく始めるつもりらしい。そのやる気が萎んでしまわないうちに、俺も慌てて鞄を開けて準備を始める。

ローテーブルを少し綺麗にし、真倉の課題プリントと、俺の学校の宿題を上に並べた。

さっそく真倉の課題の内容を確認しようと、ちらりとプリントを覗き、

「……ん？」

俺は一人、首を傾げた。

「ちょっとよく見せてもらっていいか？」

そう、俺は真倉の課題プリントを目で示しながら言う。

「ん、いいですよ？」

真倉は不思議そうにしながらも、プリントの束をこちらに渡してくれる。

俺はそれを一枚、二枚、とめくって確認していき……、

「おかしい」

と呟いた。

「どしたんですか？」

これまで、課題を運んできた中では、気づかなかった。そこまでじっくり見ていなかった。

「……これ、内容がめちゃくちゃ簡単……というか、中学レベルなんだが」

俺が言うと、真倉は「あー」と声を伸ばしながら目を横に逸らした。

「そういえば、熊田先生と最後に話したときに言われました。ちょっと勉強が苦手だから、補習の課題は基礎をしっかりできるような特別メニューにするって」

「……バカだから中学からやり直せってことか」

「やめてっ！　オブラート剝がすのやめてっ！」

そう恥ずかしそうに顔を隠すフリをしてみせて、えへへと笑う真倉。いや、笑っている場合ではない。

「そ、そんなにヤバいのか？」

俺が訊ねると、真倉が「ややや っ」と首を横に振る。

「そ、そこまではヤバくないよ？　さーてさっそく、ちょっと苦手な算数に挑戦しちゃおっかなー。今日こそ打倒、動く点Pだよ！」

「今日こそって、何年ぶりのリベンジだよ。例の点Pが積極的に動き出してから季節が数回巡ってるぞ」

そんな俺の返しに、真倉は誤魔化すようにかすれた口笛を吹いてみせてきた。

そもそも、数学を算数と言っている時点でお察しなのだが……。

もしかして、真倉が課題をやってなかったのって、シンプルに勉強が苦手だったから……？

しかしながら、今日は多少はやる気があるようで、真倉は俺が返したプリントを前にペンを構えている。

とてつもない先行きの不安感に襲われながら、俺は真倉に勉強を教え始めたのだった。

＊

途中、ご飯休憩を挟んだり、ゲームタイムとしゃれこんだりしつつ、しかしなんだかんだその日のメインは勉強と言っていいほど、俺たちは机に向かって課題に取り組んでいた。

真倉の奴、何かにのめりこんだときの集中力はあるのだ。ただ学力の方は……一旦回答は差し控えさせていただきたいレベルだが。

「気づいたら課題、結構捗っちゃってますね。……学道くんが教えるの上手だから悪いんです」

「待てまて、捗ったのはいいことだろ」

「やー、堕落教の教祖としたことが……道に反してしまいました」

「いつの間に開宗してたんだ。というか、その理論でいうと、俺もいつの間にか変な宗教の信者になってることになるんだが」

真倉の作ってくれた晩ご飯（堕落メシ）を食べ終えたあと、俺たちはそんな会話をしながら少しのんびりしていた。今日もご厚意で貸してもらえたチェック柄のセットアップに着替え、俺もパジャマ姿である。

「にしても、手伝ってくれてありがと。助かりました。本当に頭いいんだね、学道くん」

「問題が中学レベルだったからな」

「やや、自分の宿題もすらすらやってたじゃないですかー。わたし、ちらっと見たけど、どんな問題かすら全然わかんなかったもん。ほんとに賢いよ」

わたしなんてまず問題の読解力から勉強しないと、数学の前に国語が必要、などと言って真倉は笑う。

「別に、そんなことは……。だからどうってわけでもないし」

「いやいや、将来安泰じゃないですかー」

真倉は何気なくそう続けてくる。

「……まぁ、そうなのか？」

頭がいい、からの将来有望。そんなふうに言われたことは、正直これまで何度もある。

だけど実際のところ、自分が将来どうなっているのか、どうなりたいのか、全くイメージができない。

だとしたらやはり、ここまでの努力に意味はないのではないだろうか。

少なくとも、ここまで頑張る必要はないのではないだろうか。

「とにかく、今日はもうゆっくりしよ？　ダラックスです、ダラックス」

んんっと伸びをして、真倉が言う。彼女がそのままベッドにしなだれかかるのに倣い、俺もだらんとベッドにもたれた。

「ダラックス……堕落とリラックス？」

「堕落とデラックスです」

「あー。どっちでもいいな」

「どっちでもいいですねー」

俺たちはそんなあてもない会話をしながら、少しずつずぶずぶとダラックスの心地よさに沈んでいく。尻がずるずると床を滑り、体勢が崩れると共に、起き上がる気力もなくなっていく。

「あー……」

横では真倉がそんな声を上げながら、背中をぐぐと反らしている。何の気なしに、俺はそれを眺めていた。真倉は首を右回りに円を描くように回し、顔をしかめる。

　少し、様子がおかしい気がした。

「……痛いのか？」

　俺が訊ねると、真倉がはっと大きくした目でこちらを見た。

「……うーん、ちょっと。痛いというか、重だるいというか」

「大丈夫なのか？　それ。病気とかじゃ……」

　俺は思わず身体を起こした。

「やや、そんなんじゃないよ。多分、ただの運動不足というか、毎日座りすぎで凝ってるというか。ストレートネックっていうんですか？　なんか頸椎のカーブが普通と違うくなって、首や肩に負荷がかかってるってお医者さんに言われたことあります」

「あー、スマホ首ってやつか。現代病だな。でもそもそも、こんなにずっと引きこもってたら、そりゃどこかは調子悪くするぞ。不健康すぎる」

「ですよねー」

　俺の言葉に、苦い笑みを浮かべる真倉。どうもそこまで深刻に考えている様子はない。

　だが、そこは見すごせなかった。

「……ダメだ」

俺は思わず呟いていた。

「えっ？」

真倉が不思議そうに首を傾げる。

「このままじゃ、ダメだ」

中学三年の頃、勉強のしすぎで腰を痛めたことがあった。座る姿勢が悪かったのだ。猫背の状態を続け、腰に負担をかけすぎてしまった。塾の全国統一テストが近く、勉強を優先させたものだから、腰痛はどんどん酷く、慢性的なものになってしまった。

放置するのはダメなのだ。

それに、この部屋の中に閉じこもりっぱなしなのは、精神衛生上よくないとも感じていた。

「なぁ、真倉。今からちょっと、外に出ないか？」

「え、そ、外？」

「ああ。外気を吸って、身体伸ばして、すっきりするのもいいもんだぞ？　別に外でのんびりするくらい、堕落の道に反することもない」

「やー、まぁ、そうですけど……」

真倉は床の上で座り直し、考えこむように顎に指をやる。

「でも、外に出ないって、決めてますし……」

「それ、この前も言ってたよな。でも、最初に俺が聞いたときは、『夏休みはパジャマ姿でエンジョイする』だったぞ。真倉の中で、いつの間にか条件がすり替わってるのかもしれない」

屁理屈かもしれない。だけど、なんとか説得しなければ。

真倉は俯き加減に、再び顎を指で挟む。

「どうしてそんな、わたしを外に連れ出したいんですか?」

そう言って、ちらりと窺うように俺を見た。

「心配だからだ。今の生活には、不健康すぎる一面がある。楽しい堕落も、予想外の方面から中断を余儀なくされるかもしれない」

「心配……」

真倉が小さく繰り返して、俺は「ああ」と深く頷く。

「まぁ、学道くんがそこまで言うなら……」

真倉が顔を上げ、俺を真っ直ぐに見てきた。

「深夜なら、いいですよ。外に出ても。……あと、学道くんが一緒なら」

そう言って、ふっと笑みを浮かべる。

なぜだろう。なんだか身体の内側がほわほわと、俺は妙に嬉しい気分になった。

俺が「よし、行くか！」と言うと、真倉も「よし、行こー」と右手を突き出した。

＊

「やー、こんな夜中に外出なんて、ヤンチーだね、ヤンチー」

「こんなパジャマ姿のヤンキー、他にいないだろうけどな……」

真倉はたたたっと、足取り軽く俺の前を進む。つっかけて出てきたサンダルが、パタパタと音を立てる。

説得して連れ出したはいいものの、彼女が外に出ないようにしていたのには何か重大な事情があるのではと考えていた俺は、少し安心した。

「すごい、空気が透き通ってるよ！」

両腕を広げて深呼吸をする真倉。

「うまい！　空気をこんなに味わえる日がくるとは！」

「そりゃあ、ずっと部屋の中にいたらな……」

笑顔でぐっと親指を立ててくる真倉に、俺は少し呆れたふうに突っこんでやる。

一日冷房の効いた部屋ですごしていると、夏のもわっとした熱気もなんだかほっとするものになる気がする。ましてや、彼女は半月以上部屋に籠っていたのだ。生暖かい風、夏特有の緑の香り、道路沿いのアスファルトや排気ガスの匂いですら愛おしいのではないだろうか。

数分歩くと、遊具が少しだけある小さな公園に辿り着いた。入口から覗いて先客がいないのを確認し、真倉が中へ入っていく。

「わー、ブランコ、久しぶりじゃないです?」

「確かに、最後にやったのいつだったか」

真倉がブランコに飛び乗り、元気に立ち漕ぎを始める。

「気持ちいいです！　風になってる！」

真倉はどんどん高く漕いでいく。鎖がもう水平に到達しそうなほど。

「おい、気をつけろよ」

ブランコの前にある低い柵の外で、俺は高く上がる彼女に声をかける。

「あははは、大丈夫ですよー！　昔はここからジャンプして、そこの柵くらい軽く越えてたんだよ?」

「いや、結構距離あるぞ?」

「全然ぜんぜん！　行くよー」

「えっ、ちょ、待て」

と、跳ぶつもりなのか？

「危ないぞ！　身体なまってるだろ！」

「平気へいきー」

真倉がぐんぐんと膝を屈伸させ、さらにブランコの高度を上げようとしだす。それを見て、俺は慌てて柵から離れた。彼女とぶつかったりしたら大変だ。

「お前、ケガするぞ！　やめ――」

俺がそこまで言いかけたとき――。

ふわり、と。

彼女の身体が空を飛んだ。

大きめなサイズのパジャマの裾がなびき、ちらりとおへそが見える。街灯の光に照らされて、髪がキラキラと粒子を散らす。

まるでスローモーションのような浮遊感を持って、彼女は宙を舞っていた。だがもちろん、次の瞬間には放物線を描きながら地面へと落ちてくる。

勢いを殺さず飛んだ彼女の身体は、柵を越え、俺の目の前に。両足で着地――しきれず、前につんのめる。

「あっ、きゃっ」

顔から地面に突っこみそうになる彼女を、

「危ないっ！」

俺は必死に前に出て、抱きかかえるようにして受け止めた。そのまま背中から地面に倒れる。衝撃と共に、「がはっ」と肺から空気が押し出された。

そしてその間、飛ばされないよう、俺は彼女をしっかりと抱き締めていた。

細い。それでいて、ふわふわと柔らかい。まるで雲を抱いているかのよう。

——これが、女子の身体……？

その感触を確かめるように、思わずちょっと腕に力を加えてしまった。

「んっ」

そう小さく声を漏らし、俺の胸の上で真倉が顔を上げる。至近距離で、ばっちりと目が合った。

——や、やばい。俺はいったい何してるんだ。少し抱き締めたの、バレてしまったか……？

真倉は目をぱちぱちとさせる。若干潤んだ瞳が、眩い光を飛ばす。丸い頬が、どこか興

奮したようにほんのり赤みを帯びている。

俺が思わず見惚れる前で──、

「すっ、すごい！」

彼女が思いっきり破顔した。

「あははは！ すごいよ、見たみた？ 跳べた！ 柵越えれた！ こんなとこまで跳べたよ！」

俺の胸の辺りをぱしぱし叩きながら、彼女は笑う。

「柵越えれたって、越えれないかもと思ってたのか？」

「うん。一か八かです」

「賭け⁉ 捨て身すぎるだろ！」

今頃怪我をしていてもおかしくなかった。しかし、慌てる俺を見て、真倉はさらに楽しそうに笑う。

「いいんです、跳べたから！ あははは、気持ちよかったー」

俺は呆れて息をつく。

「まぁ、確かに綺麗なジャンプだった」

「でしょ！ 上手だったでしょ！」

真倉は得意げにふふんと笑う。その表情を見ていると、なんだか俺も笑えてきた。

「ああ、上手かった。距離も出てるし、芸術点も高かった」

「やった！　世界狙える？」

「ブランコジャンプ選手権!?　狙えるねらえる」

「あははは。じゃあこれで食べてこっかなー」

俺たちは公園の地面でくっついたまま、そんな冗談を言い合う。

二人で笑い合ったあと、真倉がぴとっと俺の胸に頬をつけてきた。

「学道くん、受け止めてくれてありがとね」

無性にまた真倉を抱き締めたくなったが——なんとか俺はその衝動を我慢した。

＊

ブランコジャンプの余韻から覚めた俺たちは、近くのベンチに移動した。

公園にきて十数分が経っていたが、未だ他の人が入ってくる気配はない。騒いでしまったが、近所の人が覗きにくることもなかった。

「結構わたし、運動神経いいんです」

座りながら軽く上げた足をぱたぱた動かしながら、真倉が言う。

「ああ、みたいだな」

俺がそう答えると、真倉は「えへへ」と照れたように笑う。

ずっと部屋にこもっておきながら、あのジャンプ力。正直驚いたし、そもそも自分の身体能力に自信がないと挑戦することもできないだろう。俺は怖くて無理だ。

そういえば、体育会系の引きこもり、とか言ってたっけ。部屋で軽いダンスを見せてもらったのを思い出す。

推測だが、元々彼女は活発で、明るい女子だったのではないだろうか。

でも、だとして、なぜパジャマ姿で引きこもっているのか。どうして一人暮らしをしているのか。どんな理由で堕落に固執しているのか——。

「ねね、夏っぽいことってなんだろ？」

突然真倉が、そう俺に訊ねてきた。

「な、夏っぽいこと？」

「うん」

ぱちっとした丸い瞳で俺を見ながら、真倉はこくこくと頷く。

「夏……夏期講習？」

「学生の鑑!? 違うちがう、勉強以外で」

「勉強以外で……海とか山とか？」

「そうそう！ そんな感じです」

夏といえば、ということを挙げていけばいいようだ。

「えーと、プール、かき氷、スイカ割り、カブトムシ」

「いいねいいね！」

「セミ、素麺、ひまわり、肝試し、お祭り、花火大会」

「あー、花火大会か。いいなぁー」

胸の前で両手を合わせながら、そう真倉は声を伸ばして言った。

「行きたいなー。でも、人多いの嫌だなー。パジャマ姿だと浮いちゃうなー」

「そりゃあ、パジャマで行く奴はいないだろうな」

女子は特に、浴衣姿が多いのではないだろうか。花火大会なんてもうずっと幼い頃に行ったきりなので、詳しくはわからないが。

「だからまぁ、現実的に、できるのは素麺とかかき氷かな。かき氷はまずかき氷機をポチんないとですが。あ、スイカも、割らずに切れば食べられますねー」

「急にどうしたんだ？」

「や、夏休みももう後半戦じゃないですか。ちょっとは普通の夏っぽいこともしたいかなーって」

「あー」

夜でもふんわりとした熱気を孕む、夏の風。木に生い茂る緑の葉が、さわさわと揺れている。じーじーと音を立てる電灯を見上げれば、たくさんの虫が飛んで群がっていた。

こういった些細な夏でさえ、今年の真倉は感じてこなかった。

普通の夏っぽいこと、が、きっと今の彼女にとっては特別なのだろう。

「食べようか、素麺、かき氷、スイカ」

隣で真倉が俺の方を振り向いてくる。

「ネットで頼むと届くまでにちょっと時間がかかるだろ? 明日、俺がスーパーに行って買ってくるよ。そしたらすぐに食べれる。かき氷機も、近所のホームセンターで売ってるのを見たことがある」

まるでひまわりが開花するように、真倉の表情がぱぁーっと明るくなるのがわかった。

「かき氷のシロップ、いちご味がいいです」

「わかった。まぁあれ、全部同じ味なんだが」

「ん? どういう意味です?」

　きょとんと首を傾げる真倉。

「かき氷のシロップの原料は何味でも果糖ブドウ糖液だから。それに、それぞれの香料と着色料を加えただけ。有名な豆知識だ」

「そ、そうだったんだ」

「そう。だからまぁ、違いは香料と着色料だから、鼻つまんで目を瞑って食べれば全部一緒」

「あはは、そんな食べ方しないけどね」

　真倉は笑って、それから「香りと色で区別しただけかー」と小さな声を漏らす。

「じゃあまぁ、さっそく明日」

「うん、ありがとうございます！」

「あ、ついでにセミも採ってこようか？　夏気分」

「そ、育てれるかな」

「飼うのはちょっと難しいから、ちょっと部屋で鳴いてもらうくらいで」

「セミの出張サービス⁉」

　そんな冗談を言って、また笑い合う。

夏の夜。特に明日の予定もない。

俺たちは漫然(まんぜん)とした会話を、だらだらと続けた。

いつの間にか初めに感じたときよりも、風がほんのり涼(すず)しさを纏(まと)っている。

時間を気にせず縛(しば)られず、こうしてのんびりすごすのはいつぶりだろう。

考えてみたが、わからない。そんな機会がこれまで自分にあったのかさえも、ちょっと思い出せない。

だけどまぁ、こういう時間も結構好き、かもしれない。

いつまでも続けばいいのに……。気づけばそう、思っていた。

⑨七人の小人ちゃん

素麺をすすり、スイカを食べ、肝試し代わりにホラーゲームをした。

買ってきたかき氷機は手動で、二人でせっせと氷を削り、あえて窓を開けてセミの声を聞きながら食べてみたりした。

そんなこんな、夏っぽいイベントを挟みつつも、それがないときは基本だらだら。結局お盆の最後の方は、堕落の底に沈殿したような生活を送っていた。

ぶっちゃけ、かなり楽しかった。

やがてお盆休みが終わり、学校の補習と塾の授業が再開される。

久しぶりに朝から学校へと向かう自分の足は、なんだかものすごく重かった。

「すごい！　さすが根来くん！　あなたならやってくれると信じていました。勉強のことならお手のものってことですね！」

「それとこれとはわけが違いましたが……」

熊田先生は小さく拍手をし、俺が差し出したプリントを両手で受け取る。このお盆で進められた分の真倉の課題を提出したのだ。

熊田先生はぱらぱらと中を検める。

「まだ途中までです。残りは近いうちに提出できればと……」

正直、真倉の気分次第というのもあるが……。しかしここのところ、彼女とは比較的友好的な関係を築けている気がする。残りの課題プリントが片づく日も近いのではないだろうか。

しかし、そんな俺の明るい進捗報告とは裏腹に、

「そうですか……」

熊田先生はどこか考えこむような暗い表情を浮かべた。

……いったいどうしたのか。

俺の怪訝な表情を見て、熊田先生が続ける。

「実は、これは前々から決まっていたことで、だけどそういうのが難しい子もいると交渉はしていたのだけど……。今週末で補習は終わるのですが、八月最終週の月曜日、補習受講者は全員、テストを受ける必要があるの」

「テスト？」

「そう。理解度テストと言って、内容自体は補習の問題がそのまま出るような、簡単なものなの。ただし、成績よりも形式的な部分を重視するものだから、自宅での受験が認められなくて、登校するのが難しい子でも保健室受験が最低限必要なの……。これが受験できないと、いくら課題の提出があっても……進級は難しい」

俺はしばし、何も言えなかった。

理解度テスト、進級は難しい……。それらの言葉が頭の中で繰り返し響く。

それと同時に、真倉が、登校するのが難しい子と言われていることにも、違和感を覚えていた。

登校させるのが難しい子、ではなく登校するのが難しい子。その言葉の差に、引っかかる。

俺の中で真倉は、部屋に籠って堕落生活を謳歌する、不健康だけど元気な同級生だ。多分俺より明るいし、現状では人生を楽しんでいる……ように見える。

そんな彼女も、本当は登校するのが難しい子で、実はそれらしい不登校の事情があったりするのだろうか。登校させるのが難しい、ではテストに出てこない彼女の自業自得になってしまうので、熊田先生が気を利かせて交渉してくれているだけではないのか。

……わからない。

ここ数週間、結構長い時間を一緒にすごしてきたが、考えてみれば俺が彼女について知っていることは思ったより少ない。

だけど、彼女がこういう状況になっているのにはやはり理由があるはずだし、それが他人に笑って話せるような簡単なことではないことくらい、なんとなく想像がつく。

少し考えてから、俺は口を開いた。

「……俺が伝えます」

そう、熊田先生に言った。

自分がどうしたいのかはわからない。そもそもおつかいを頼まれて彼女の家に行き始めただけだったのだが……。俺は彼女を学校に連れ出したいのか、それとも彼女には無理せず自分の好きな生き方を謳歌してほしいのか。

でも、どちらにしても、これは俺が伝えなければならないと思った。

この夏、俺と彼女は堕落の先生と生徒として、必ず二人で楽しもうと決めたのだ。

「……そうですね。助かります」

熊田先生は俺の顔を見つめながら、静かに頷いた。

「よろしくお願いします、根来くん」

『仕方ないですね……。せっかく課題も始めていましたし、受けるよ。テスト』

——なんて、簡単に納得してもらえたらよかったのだが。

真倉の家に着いて本日の課題を渡す際、俺はさっそく熊田先生から伝えられたテストの話を説明した。それを聞いた彼女の反応は、案の定なものであった。

「くそう！　わたしは組織の言いなりになんてならないぞ」

真倉は口許を膨らませ、ふんとそっぽを向いてみせる。

「でも、そのテストをクリアしないと、補習を履修したことにならない。進級できないって……」

急な話ではあるが、それがこの学校の——夏季補習の規定らしい。むしろ単位を取れなかった者のための救済措置であるのだから、文句は言えない。熊田先生も、テストについて俺たちに教える前に、受講方法について交渉をしてくれていたみたいだし……。

「テストなんて世界からなくなればいいのに……」

「世界平和を祈るような言い回しだな」

真倉は眉間に皺を寄せ、「どうすれば……」と神妙な顔つきになる。

「組織の言いなりになるか、歯向かうか、だな」

俺が答えると、真倉ははっと顔を上げる。

「歯向かう……校長とタイマン？」

「退学まっしぐらだぞ」

真倉はうははと笑い、それからまた「むむむぅ」と考えこむ。まだ冗談を言う余裕はあるらしい。

真倉の立場としては、学校には行きたくない、だけど留年になるのは困る、というところか。意外とそういう面で、真倉は最低限の体面を気にしている。

登校しない、のか、できない、のか。熊田先生との会話の中で浮かんだそんな問いが、再び思い起こされる。

真倉がぱんと手を打った。

「わかった！　大義名分を作ればいいんです！」

はて、と俺は首を捻る。どういう意味だろう。

「何かしら、自分でお金を稼げばいいの。仕事があるなら、学校にも行けない。自立してるなら、誰にも文句を言われない」

「……まぁ、そうだが。金を稼ぐって、どうやって？」

「それは……」

　真倉は少し口籠り、

「それは、頭脳担当の学道くん、頼みます」

「ぶん投げられた⁉」

　少し考えてみるも、すぐにお金を稼ぐ方法なんてアルバイトくらいしか思いつかない。

「なんでもいい、少しでもお金を稼げたら、あとはなんとかできるよ。幸せの感度を下げるのです」

　人さし指をぴんと立て、真倉は続ける。

「毎日ご飯が食べられること。屋根のあるお部屋で寝られること。日本で暮らせて四季を味わえること。今日も変わらず沈む夕陽を眺められること。それだけで、幸せだ。自分の生活の中の、そんな些細なことに幸せを感じられるようになれば、わたしたちは生きていける。それ以上は求めない」

　笑いながら、両腕を広げて話す真倉。それはまさに堕落教の教祖の演説を聞いているようだった。

「部屋だってもっと狭くていい。別にパジャマも、一着あれば十分だ。もしネット回線が繋げられたらラッキー、永遠に退屈することもない。充足した人生。現代って生きやすいね」

確かに、彼女ならそれで生きていけるかもしれない。小さな部屋で、最低限の食料だけネットで注文し、細々と日々を送っていく。

「そういう生活も、いいかもな……」

「あははは、でしょでしょ？」

俗世と離れ、引きこもっての生活。想像してみると、なんだか暖かい毛布にくるまるような居心地のよさがある気がした。

だけど、それにも最低限のお金はいる。

何か方法はないのか？　俺に何かできないか？

しばし考えてみるが、中々いい案は出てこない。

将来安泰、なんて彼女には言われたが。

こんないざというときに何もできないなら、結局勉強なんて意味ないよな……。

俺が黙っている間、真倉はちらちらと俺の顔を窺っているようだった。

「と、とりあえず、ゲームでもします？」

空気を変えようとするように、ぎこちなくそう口にしてくれる。

ゲーム――。

そのとき俺は、はっと思いついた。

「動画配信、とかはどうだ?」

「えっ?」

「お金稼ぎの方法だよ。ほら、この前言ってたゲーム実況とか」

「あー、実況……」

「そう。ていうか、そういうのは多分真倉の方が詳しいと思うが。ただ、どんな方法があるか、どうやって始めるか。必要機材やそれでお金をもらうまでの方法を調べてみようと思う」

話していると、どんどんこれが最善の方法に思えてきた。

「ほら、前に見せてもらったみたいに、ゲーム画面と自分の映像を両方映してやれば、真倉なら多分かなり視聴率を稼げると思うぞ。その……可愛いし。あとパジャマ姿でやれば、親近感が湧いていい特徴づけになりそうだ」

そもそも部屋から出られないのだ。その時点で、選択肢はかなり絞られてしまう。そんな中で、これは真倉の趣味もかけ合わせた、最高の案ではないか。

「……配信とかはちょっと、難しいかな」

なので真倉のその反応に、「え……」と間抜けな声を出してしまった。

「な、なんでだ？」

「やー、実況とか、何話せばいいかわからないですし」

「そんなの、いつもやってる通りでいいんだよ。俺にゲーム見せてくれてるみたいな感じで。毎回元気にゲームしてるのは、見てるだけで楽しいぞ」

「そう？　……でも――」

「これでお金を稼げたら、大義名分ができるだろ？　外に出なくてもいい。しかも堕落の毎日を続けられる」

　薄々、真倉が渋っているのには気づいていた。「でも……それは……」と呟いている。

　しかし、それがなぜだかわからない。俺からすると、光明を見出した気分だったのだ。

「やー、でも、ネットでやってくのは、ちょっと難しいなぁ。ごめんなさい、考えてくれたのに」

　やがて真倉がそう、断りのセリフを述べる。

　どくんと、一度大きく胸が疼いた。

　ごめんなさい、考えてくれたのに……。真倉の、申し訳なさそうな声音が、耳の中でリフレインする。

「……なんでだ？」

俺は思わず訊ねてしまう。

「なんでだよ。こんなに、可能性があるのに」

俺にはゲーム配信なんて、到底できない。見ているだけで楽しいと思わせることもできないし、視聴者を集められるルックスも持ち合わせていない。

勉強ばかりしてきた何も持たない俺に比べ、この女の子はとてつもない可能性を秘めているように思えた。

「……わたしにも事情があるんだよ」

目を伏せがちに、真倉が言う。その吐息が、少し震えていた。

少しの間、部屋に沈黙が流れた。

「ごめんね、学道くん。この空気はなんというか、空気清浄機でもどうにもならないタイプのやつだから……今日は一旦、バイバイしない?」

確かに真倉の言う通りだ。それに、なんとも彼女らしい気遣いのこもったセリフだった。

「そうだな……。換気、しといてくれよ」

俺がそう返すと、真倉はふっと笑みを浮かべ、「うん」と頷く。

まだ開けてもいなかった鞄を持って立ち上がり、俺は真倉の部屋を後にした。

☆

ガチャン、と音がして扉が完全に閉まる。

わたしは体育座りのように膝を立てて座りこみ、そこに顔を埋めた。

──あぁ、ごめんなさい、やっちゃった……。

動揺を隠すのに必死だった。学道くんの言葉を曖昧に濁しながら、この状況をどうすべきか頭は猛スピードで回転していた。いつの間にか握り締めていた手の平が、汗でびしょびしょに濡れている。

学道くんは、わたしのためにいろいろ考えてくれてるってわかってるんだけど、余裕がなくて……。ちょっときついことを言ってしまったかもしれない。

これだけ時間をもらっても、まだあの頃のことを吹っ切れていない、わたしが全部悪いのに……。

せめて学道くんとの気まずい空気はさっぱり解決したかったけど、今日はどうにも難しそうで、一旦バイバイを選んでしまった。それも少し、後悔している。これでもう終わり、なんてことになったらどうしよう……。

考えていると、胸がぎゅーっと締めつけられてくる。

わたしは一度だけ洟をすすると、のろのろと立ち上がってベランダの窓を開けた。

＊

真倉の部屋を出たあと、俺はぼんやりぐるぐる同じようなことをずっと考えながら、ふらふらと塾まで歩いてきた。

しかしながら、自習室に入る気にはならず、塾の前でぽつんと立ち尽くす。

これまで真倉とすごしてきて——というより、誰かと一緒にいる中で初めて、こんな気まずい空気を経験した。

そして、その理由がまだはっきりとわからない。

いったい何が悪かったのか。俺のコミュニケーション能力の低さがダメだったのか？

そんなことをぼやぼやと考えていた。

塾は駅前にあり、繁華街が近い。今まで全く意識していなかったが、夕暮れどきで、辺りは通行人で溢れている。

辺りを見回すと、急にがやがやとした街の喧噪が耳に戻ってきたような感覚に陥った。

その中で、

「おーう、少年じゃないかー。どうしたどうした浮かない顔で」

見れば、俺が先程きた道を、弥子さんが歩いてきたところだった。こちらに向かって軽く手を振ってくる。細いデニムパンツにひらひらとした黒のシャツという、初めて見る私服姿だ。

「弥子さん……」

「ありゃ。なんて表情だよ。どうした、こいろに振られたか？」

「なんすかそれ……」

「えっ、何？　マジなの⁉」

「待てまて、俺今肯定してないぞ」

「雰囲気というかしょぼくれ具合が肯定してたぞ！　え、振られた？」

しょぼくれ具合とは……。他人の目から俺は、今いったいどんなふうに見えているのか。

ただまぁ、空元気でも明るく、というテンションではないことは確かだ。

「振られるとか、そんな関係じゃないですから」

「でも、こいろってところは否定しないんだな」

弥子さんは軽く肩を下げて息をつき、辺りを見回した。

「どれ、ちょっち座るか」

「え」

「話聞くよ、少年」

俺は驚いて、ぶんぶん首を横に振った。

「いいですいいです。どっか行くところだったんじゃないんですか？」

「ちょっとお客さんのとこの店に飲みに行く途中だったが、まだ時間はある」

確か飲食系の求人関係の仕事をしていると言っていたか。そのお得意先のところに行く予定らしい。確かに駅の前を通りすぎれば、そちらは飲み屋が乱立しているエリアになっている。

「だいたいこんな顔をした——それもこいろ関係で何かトラブっている少年を放っておけないからな」

そう言って、弥子さんは俺の腕を掴むと、駅のロータリーの方へと歩きだす。

拒否は難しそうで、ただ抵抗する元気もない。

それに……。

俺よりも、弥子さんの方が、真倉のことを知っているのは確かだ。

もしかすると、今回のことも、弥子さんに話を聞いてもらえば何かわかるかもしれない。

そんな思いも芽生え、俺は腕を引かれて弥子さんのあとについていった。

ロータリーの植えこみのブロックに、二人並んで腰かける。

「どれ、話してみそ」

そう、軽い調子で弥子さんが言う。しかしながら面白がっている様子でもなく、真っ直ぐな眼差しで俺を見つめてくる。

「…………はい」

俺は静かに口を開いた。

補習の課題のこと。テストがあること。真倉があまりノリ気ではないこと。そして、代替策を出してから気まずい空気になってしまったこと。

俺は言葉を選びながら話していった。

弥子さんは人の往来を眺めるように、視線を駅の入口の方に置きながら、たまに「ああ、ああ」と相槌を打ってくれていた。やがて俺の話に区切りがつくと、「あー……」と一つ声を伸ばす。

「キミは、やっぱり世間知らずなんだね」

それは以前、初めて会った日にもかけられた言葉だった。

「……いい意味で、ですか？」

「ううん。今度はちょっと、悪い意味かな」

　弥子さんはふふっと呼気を揺らしたが、顔は笑っていなかった。それから、

「あー、これ、言っていいのかなぁ。ダメとは言われてないけどなぁ。そもそもこいろのためでもあるしなー。でも言われたくないのかなぁ……」

　そんなことを一人、宙に向かってぶつぶつと口にする。

「……なんですか？」

　俺が訊ねると、弥子さんは唇を結んで考えこむような難しい表情をこちらに向ける。

「多分、こいろもキミと会えて、毎日楽しかったんだと思う。最近ずっと表情が明るかった。なるべく、キミとこいろがこのまま離れてしまうような事態は避けたい。こいろのために」

「……はい」

「だから、あたしはキミに、ヒントを伝えたい。もし、あとからこいろに怒られることになっても、それは甘んじて受け入れる。……よし、そうする」

　自分の中で何かを納得するかのように、弥子さんは何度かこくこくと頷いた。そしておもむろに、脇に置いていた小ぶりなレザーのショルダーバッグから、スマホを取り出す。

　スマホを細い指でついついと操作し、それから俺に渡してきた。俺は画面に目を落とす。

「……『七人の小人ちゃん』？　通称七こび？　突如消えた伝説のセンター……」

それはとあるアイドルグループに関する記事だった。七人の小人ちゃん、どこかで聞いたことがあるような……。そして、そのセンターが電撃引退をしたようだ。

今、弥子さんがこの記事を俺に見せる意味。まさか……、を予想しながら読み進めると、そのまさかが明らかになる写真が掲載されていた。

「……これ、あいつですか？」

「そうだねぇ、キミのよく知ってるあの子だねぇ」

センター、鎌倉こゆな。写真に写る笑顔の真倉は、そんな名前で呼ばれていたらしかった。髪は今と違う赤色だし、表情、衣装、全てに違和感があるが、確かにこの子は真倉こいろだ。

「アイドル、なんですか？」

「元、だけどね。それも、国民的アイドルグループの、センターを務めていた。結構テレビにも出ていたよ」

「……だから、世間知らず」

やっと、弥子さんが以前から言っていた意味がわかった。鎌倉こゆなを知らないとは、世間知らず認定を受けるようなことなのだ。もしかすると、同年代で彼女を認知していないのなんて、テレビや雑誌を見ず、ＳＮＳをほとんどしてこなかった俺くらいなのかもしれない。

そして、それを聞けば、なんとなく予想ができる。

「真倉が外に出たくないのって、アイドルを辞めたことに関係してるんですか……？」

「あー……」

弥子さんは一瞬視線を右斜め上に飛ばし、それから手元を見つめながら口を動かす。

「多分あの子の中でいろいろあるんだろ。全部はあたしにはわからん。ただまぁ、それが引っかかって、今、キミとこういう状態になってるのだろうことは確かだと思ったから、この事実をキミに伝えた。キミの言っていたネット配信なんかも、世に出ること、だろう？」

弥子さんは「よいこらしょっ」とその場で立ち上がる。両腕を上げて、ぐーっと伸びをした。

「まぁ、頑張りたまえよ、少年」

最後に口角を上げた笑顔でそう言い残し、ひらひらと手を振りながら弥子さんは繁華街の方へと歩いていった。

＊

七人の小人ちゃんは、元々地下アイドルからスタートした七人組のグループ。そこから躍進を果たし、地上波デビュー。今ではメンバーが個別でモデルや役者、バラエティー番組をこなすほど、日本トップのアイドルグループになっている。

鎌倉こゆなは、その地下アイドルからの躍進期を支えた一人で、ファンの間では不動のセンターと呼ばれていた。

弥子さんと別れたあと、俺はすぐにスマホで検索をかけていた。

真倉がアイドル……。

部屋でぐーたらごろごろしている彼女の姿が、頭の中に浮かんでくる。

と同時に、軽いダンスを踊ってくれたり、ブランコですごいジャンプ力を見せてくれたりしたことも思いだす。そういえば、自分で運動神経がいいとも言っていた。

スマホに表示される、アイドルの鎌倉こゆなの写真は、確かに真倉だ。ただ、俺の中の真倉はやはりずっとパジャマ姿で、どうしても違和感が拭えない。

鎌倉こゆなは、踊りのうまさ、演技力、歌唱力、どれをとってもずば抜けていた。加えてファン対応が神と言われており、どんな相手でもどんなタイミングでも飛びきりの笑顔。ライブのあとに握手を求められても、嫌そうな顔や疲れた表情は一切見せない。一度会いに行けば、絶対に彼女の虜になって帰ってくるとの評判だったそう――。

脳裏に、初めて会った日の、彼女の大輪のひまわりのような眩しい笑顔が蘇る。

しかし、そんな彼女がある日、ファンに何も話さず急に姿を消した。グループは脱退、ラスト公演もなし、ＳＮＳアカウントは更新停止。グループの公式アカウントが、短い案内文を掲載しただけで、そこから鎌倉こゆなに関しては一切触れず。まるで存在が消されたかのように……。そのあともグループは活躍を続けていくが、もうすぐ二年が経とうとしている今でも、ファンの間では度々鎌倉こゆな失踪の謎がグループの闇として囁かれている。

スマホに溢れた情報を、一旦遮断するように俺は目を瞑った。

想像の追いつかない、スケールの大きな話である。

にしても、真倉にいったい何があったのか……。

おそらく真倉は、アイドル時代のことを隠そうとしている。学校に行かないのも、こうして引きこもっているのも、そこに原因があるのではないか？

そして、ネットでの動画配信にあそこまで拒否反応を示していたのも……。もしかすると俺は、知らなかったとはいえ、大きな地雷を踏んでしまっていたのでは……。

さまざまな思考が、脳内でぐるぐると渦巻いていく。

しかしその中で、ただ一つだけ根底にあるものに、俺は気づいていた。

ここまで必死になっているということは、多分、俺はまだ、この生活を終わりにしたくないのだ――。

*

結局、約一ヶ月真倉と一緒にすごしたわけだが、彼女がなぜ引きこもりの堕落生活を始めたのかわかっていない。アイドル活動という、おそらく重要な過去は知れたものの、それをなぜ辞めてしまったのかも謎のまま。

もっと積極的に訊いてもよかったのだろうか。ただ、かなり親密な時間をすごしてきた自覚はあるものの、夏休み前まで完全に赤の他人だったのだ。相手がどこまで気を許しているか、計れなかった。そして実際、今日は失敗をしてしまった。

現在、時刻は夜の一二時を回ったところ。俺は自室の電気を消し、窓を開けて夜の風にあたっていた。

俺の家はマンションの九階で、周りに高い建物もなく遠くの景色まで見渡せる。落下防止のアルミ柵のむこうに、通っている学校、駅、商店街が見て取れた。どこも暗く、寝静まっている。その奥に高い送電鉄塔が建っており、横には確かため池があるはずだ。

——とすると、真倉の家はあっちか……。

夏休み、ほぼ毎日通っていた、彼女のアパートの方に目を凝らす。住宅街で、暗くてよくわからないが……多分俺の部屋からは見えないようだった。

今日、真倉と軽いひと悶着があったあと、俺は一人でいろいろと思いを巡らせた。途中、弥子さんから重大なヒントを教えてもらい、それを踏まえながらじっくり考えた。

俺と出会うまでに、彼女の人生にはいろいろなことがあったのだろう。

だけど、そんな悩みを抱きつつも、彼女は今を——パジャマ堕落ライフを全力で楽しんでいた。勉強のことしか考えていなかった俺が、それを忘れて引きこまれてしまうほど。

正直、羨ましかった。

俺の目には、真倉がキラキラとても輝いて見えていた。

そんな彼女が困っているなら、助けてあげたい。理想の姿を、守りたい。その背中に憧れた、俺自身のためにも。

これまで何をすればいいかわからず、ずっと受け身ですごしてきた。この夏休みだけではなく、産まれてこの方ずっと、だ。

しかし、ようやく一つの覚悟を決められた。

そしてこの時間になるまで、ネットを使って準備をしてきた。

俺は勉強机に置いていたスマホを取り上げ、真倉にメールを打ち始める。以前、かき氷機を買いにいく際に連絡先を訊いていたのだ。

『メール？　なんかメッセージアプリ登録してないの？』

『あー、そういうのは全然』

『ほ、本当に現代日本人？』

そんなやり取りが懐かしい。

文字を打ちこんでは消し、文章を練っては首を振り、結局短く簡潔な一文で送信マークをタップする。

『明日、旅に出ないか？』

おそらくまだ、寝ている時間ではないだろう。そう思っていると、スマホが震える。

『旅？』

『そう、旅。旅行だ。パジャマ姿でも大丈夫なように、人の少ない、誰も知らない田舎の方へ。いいだろ？』

『うん。え、待って、なんで急に？』

俺は真倉と堕落生活を始めたときのことを思い出していた。自然とスマホ画面の上を、指が走る。

『この夏休みを誰よりも満喫する。そう約束しただろ？　堕落の先生』

それは真倉が、俺の堕落入門の際にかけてくれた言葉だった。

補習をサボり、真倉とすごす時間は本当に楽しいものだった。ずっと目の前にあった勉強から、目を背けることで得られる解放感を学んだ。誰かと一緒の夏休みというものの、充実感も知った。昨年――いや、これまで得られることのなかったさまざまな感覚を、もっと味わいたいと思っていた。

俺はスマホを握り締めていた。

すぐに、手の中に通知が届く。

『わかったよ、生徒くん。行きましょう！』

腹の奥がざわざわざわめき、居ても立っても居られない。同時に身体がふわふわして、飛び立ってしまいそう。

そんな感覚も、初めてのものだった――。

⑩夏休みの逃避行

学校行事以外で旅行に行くのって、初めてではないだろうか。

友達とはもちろん、家族とも泊まりでどこかに行った記憶はない。

なので、目が覚めたときの、この若干速まった鼓動とそわそわ感も初めての感覚だった。

このドキドキそわそわは、旅行というイベントそのものに付随するものなのだろうか。

それとも、一緒に行く相手に、影響されるものなのだろうか——。

どちらにせよ、俺は浮立った気分で準備を始め、約束の時間に余裕を持って家を出発した。


待ち合わせ場所の駅の前で一〇分ほど待っていると、遠くから歩いてくる彼女の姿が見えた。キャップを目深にかぶっているのは、暑さ対策か、果たして……。しかし俺に気づくと、キャップをくいっと指で持ち上げ、たたたっと小走りで駆け寄ってくる。

「おいすっ、学道くん！」

「お、おいす……。あ、その服」

「うん。この前買ったやつ。どうですどうです？」

真倉はそう言って両腕を広げ、右、左と身体を捻って見せてくる。彼女が着てきたのは、先日二人でネットショッピングをして購入した、上下セットのジャージだった。長袖を腕捲りし、ズボンの裾も膝まで折って穿いている。

「おー、いい感じじゃないか？」

キャップもそうだが、足元も黒のスニーカーで、スポーティな感じに仕上がっている。露わになっている白くて細い脚が、太陽に眩しい。

……うん、まぁ、何を着ても似合うというか……可愛いよな。

さすが――という言葉が口をつきそうになり、俺ははっと喉元に押し留める。

「どんなスタイルでも着こなせるのは、ほんとにすごいと思うぞ」

俺がそう本心から感想を述べると、真倉は「えへへ」と嬉しそうに笑う。

「でもでも、これもパジャマだからね」

「ん？　まぁ、確かに俺たちの間ではパジャマだな。そのために買ったし」

「そうそう。でも、他の人たちからはあんましパジャマっぽく見えないと思って、これにした。夏休みはパジャマですごすルールは破ってないよ！」

言って、真倉はにやりと口角を上げた。それからちらちらと、周囲を見回す。

平日昼間の駅前は、人がぱらぱらと忙しそうに歩いているだけで、誰もこちらを気にしてはいない。

……周囲に鎌倉こゆなだということがバレてないか気にしているのだろうか。

「決めたことは貫き通すタイプなんだな」

「あはは。てかこれ、動きやすくていい感じです。学道くんの分も持ってきた方がよかった？」

言って、真倉が俺の格好に目を向ける。

あのとき、流れで同じジャージをおそろいで買って、俺の分は部屋着として真倉の部屋に置いているのだ。

「いや、それはまずいだろ」

「えー、おそろは嫌です？」

冗談っぽく上目遣いをしてみせてくる真倉。

「さすがにジャージでペアルックにしたら目立つぞ。気温が暑いのか周囲の視線が熱いのかわからなくなる」

「あはは、そりゃそうですね。熱中症には気をつけないと」

せっかく、着ていても自然なパジャマを選んだのに、意味がなくなるからな。

ちなみに、ジャージとまではいかなくても、俺もそれなりに動きやすい格好をしてきている。小さな胸ポケットのついた白のTシャツに、グレーのハーフパンツ。……ザ、普通というか。まぁ、制服以外は母親チョイスの着れればいい、という服しか持っていないため、選ぶ余地がないのだが。

「やー、にしても、集合時間を午後にしてくれたのはナイスだね」

「早起きはコスパ悪い、だろ？」

「わかってますねー。そもそも起きれないですから。時間通りの出現率二％くらいで思っててもらわないと」

「レアモンスター並みだ!?」

真倉と一緒に遊んだとあるゲームを思い出しながらツッコむと、真倉が明るい声で笑った。

なんというか、安心した。

昨日の空気を、そのまま引きずっていたらどうしようと思っていたから。

「それじゃあ……。学道くん、今日はどこへつれていってくれるのかなー」

「あ、ああ、行こうか」

俺たちは二人揃って、駅舎の中へと歩きだした。

「電車に乗って、遠くまで――」

＊

「おやつを食べながら電車に揺られる！　旅みたい！」

「まぁ、旅、なんじゃないか？」

「えへへ、旅かー。旅、たび。いい響き」

窓際の席で真倉はどこか嬉しそうに笑いながら、電車に乗る前に売店で買ったチョコのお菓子の袋を開ける。

「そういえば、チョコ、好きなのか？」

「はい、好きです！　なんでです？」

「いや、しょっちゅう食べてるなと思って」

ゲームや漫画のお供には、いつもチョコが用意されていた。単純に、好きなのかなーと思っていたが。

「もーだいだい大好きですよ？　食べないと、禁断症状出るレベル」

「禁断症状？」

「はい、手の震えとか、頭痛とか、イライラとか。チョコチンが足りないーって」

「ニコチンみたいに言うな」

「あはは。でも、甘いものって中毒性ありますよねー」

どうも、好きを通り越し、依存してしまっているようだった。

そんな他愛もない話をぽつぽつと続け、約一時間。降りる予定の駅が近づいてきた。

昨日、部屋で一人、この旅の計画を立てた。

目的はすぐに決まった。スマホでちょっと検索をして、目指す場所も割と早く決められた。問題は宿泊場所だったが……未成年でも親の同意書なしで泊まれる宿を、電話をかけて探していき、こちらも割とあっさり予約することができた。

だが、その道中や、本命の目的以外の時間潰しのことまでは、考えが回っていなかった。

「おっ、もうそろそろ言ってた駅だね。着いたらどこ行くんです？」

真倉がそう何気なく訊ねてきて、俺は初めて少し焦り始めた。

「あー、そうだな……」

時刻は一五時半になろうかというところ。

スマホで目的地の町を調べてはいたのだが、あまり楽しめそうな施設はなさそうだった。

田舎で、特に観光地でもない、どちらかといえば自然と民家が多いような場所だった。

「もしかして、決まってない感じです？」

再びスマホに目を落とす俺に、真倉が訊ねてくる。

「あー、いや、旅館を予約してるんだが、チェックインするにはちょっと早いかなって感じで。初めて降りる駅だから……」

「なるほど、わたしも初めてです……。じゃあ、あそことか行きません？」

あそこ？　と俺が目で問うと、真倉がすっと視線を窓の外へ飛ばす。

「わたしたちにとって最高の、最強のだらだらスポットだよ」


電車から降りた俺たちは、先程車窓から見えていた場所へと移動してきていた。

「夏っぽいこと、もいっこ消化できたね」

「あー、まぁ、そうなるのか？」

「ほんとは夕陽の沈む時間にのんびり黄昏れたかったけど」

「それで消化できたことになるんだな」

目の前に広がるは、潮風が吹き渡る青い海。水面は遠くで空と交わっていて、小さな波がキラキラと輝いている。

電車の中から、漁港と堤防が見えたのだ。幸い駅からも離れておらず、駅に降りるとすぐに、潮の香りの風が顔を撫でていった。

堤防に近づくと一〇段ほどの階段をのぼる見晴台のような場所があり、俺たちはそこにのぼって海を眺めていた。並んで鉄の柵に前向きにもたれ、波の音を聞きながら。

……確かに、真倉の言う通り、ここはだらだらスポットのようだ。俺たちの間には、いつもの部屋のようなのんびり感が漂っている。

にしても、泳いだり、砂浜なんかで遊んだりしなくても、「海」という「夏っぽいこと」は達成したことになるんだな。

「気持ちいいねー」

髪を風になびかせながら、真倉はゆっくりと目蓋を閉じる。つい、俺はその横顔を眺めてしまう。

「ほんのり秋が近づいてきてる気がする」

真倉がそう、続けて口を動かした。

「……ああ、確かに」

時折ほんの少し、耳に触れる空気の中に冷たさを感じることがある。それが季節の変わり目とまでは言えないが、俺は夏の終わりを感じてなんだか少し寂しくなった。

ただまぁ、今はそれがとても快適であることも確かだ。じっとしているだけなら、汗ばんでこない。

「程よいねー、程よいなー」

　そう緩い会話をしながら、だらんと柵にもたれる。真倉に至ってはぺたっとほっぺたを柵の上に乗せていた。

「……学道くん、今何考えてます？」

　少し会話が途切れたとき、真倉がそんな話を振ってくる。

「あー。あそこに見えてる水平線……だいたい一〇キロくらい先かなぁと」

「理系の極み！　このちょっとした時間にそんなこと考えてたの⁉」

「いやまぁ、気になったから」

　たまに考えてしまうのだ。今鳴った雷は何キロ先だろうとか、あそこで流れる雲は時速何キロだろうとか。

「ちなみに、身長一七〇センチの人が海岸から海を見たとき、水平線まではだいたい五キロ弱だ。気候にも影響されるがな。そこから、身長が三〇センチ高くなるごとにだいたい三〇〇メートルくらい距離が伸びていくことを考えると、今は一〇メートルくらいの高台にいるから……まぁざっくり一〇キロくらい先ってことに――」

「わーわー、やめて、その呪文はわたしに効く」

「難しいことは一つも言ってないんだが」

「幼い頃に数字アレルギーを発症しまして」

両手で耳を塞いで目を瞑り、わーわー言っている真倉。本当に単純な計算だけなんだが。

ひとしきり騒いだあと、静かになった真倉がぽつりと口にする。

「ん？　でも、こんなに真っ直ぐずっと先まで眺められるのに、なんであそこまでしか見えなくなるの？　視力の問題？」

ふと疑問に思った、という感じだった。ならば、全力ですっきりさせてやろう。

「簡単だ。シンプルに言えば、地球が球体だからだが。ちなみに、先程の水平線までの距離は、球体であることを利用した三平方の定理で求められる。人の視点から水平線までを繋ぐ直線。水平線から直角で地球の中心に伸びる線。地球の中心から人の視点の高さまでの線。わかっているのは、地球の中心から人の視点の高さまでの距離だ。地球の半径が約六三〇〇キロであるからして、身長の一七〇と堤防台の高さを足せば――」

「ふっ、ふおぉぉぉぉ」

またしても、真倉が両耳を塞いで震えていた。

「全部中学レベルの内容なんだが」

「見てください、これ、鳥肌」

「……マジじゃねぇか」

真倉が突き出してきた腕には、確かに粒状のぽつぽつが見受けられる。どんだけ苦手なんだ、数学……。

「やっぱし頭いいね、学道くん」

「別に、そんなことは……。それにだいたい——」

真倉の言葉に返事をしながら、ふと彼女の顔に目を向けると、

「ど、どうしたんだ？」

なぜか彼女がむーっと頬を膨らませながら俺の方を見ていた。

「でも……」

「でも？」

「でも……会話が、デートっぽくないよ！」

「で、デート⁉」

俺は思わず繰り返していた。真倉がこくこくと首を振る。元々肌が白い分、若干頬が赤くなっているのがはっきりとわかる。

「デートだよね。だって、二人きりで、海にきて。これからお泊まりしようって言ってて」

「え、えぇ、えーと……」

「あ、ち、違ったかな。わ、わたしの勘違い？」

真倉が悲しそうに少し目を伏せる。

それを見て、俺はさらに慌ててしまった。

「で、デート、か。デートなのか。デートだ、これは」

「デート……？」

「そう、その通り。俺たちは今デートにきている！」

「ほんと？　じゃあ、もっとデートっぽい話しよ！」

「デートっぽい話とは⁉」

「それはもちろん、相手に愛の気持ちを伝えたり、とか……ねっ？」

最後、真倉は上目遣いで見上げてくる。その表情に、思わずドキッと心臓が跳ねた。

愛を、伝える？　愛ってなんだ。今の俺の、真倉への想い？　待てよ、そう言ってくるってことは、真倉は俺のことを――。

口を開きかけては閉じ、「あ――」と言葉を発しかけてはやめ。

そうやって俺があたふたしているのを、真倉はじっと見つめていた。そして、ふっと破顔する。

「なんてね、引っかかった？」

「えっ……」

「冗談ですよ、冗談」

そう言って、あはははと笑う真倉。

俺は数秒間、ぽかんと口が開きっ放しになっていた。

「え、えっと、どういう……」

「やー、だって、学道くん、やめてって言ってるのに数字の呪文詠唱してくるんですもん。だから、ちょっとお返ししてやろうかなって」

「じゃ、じゃあデート云々の話は……」

「冗談……のつもりだったけど、学道くん的にはこの旅行は愛の逃避行って認識だったのかな？」

「ただの堕落の先生と生徒の夏休み思い出旅行です」

「あはははは」

真倉はお腹を押さえながら、また楽しそうに笑う。

「でも、ちょっと面白かったよ」

「お前、まだからかうつもりか」

「違うちがう。さっきの地球の話」

　俺ははっとして真倉の顔を見る。

「面白い？」

「うん。こういう世界の中で当たり前のことを、知識としてしっかり説明できるの。面白いしすごいと思った」

　素直に感心だ、と言って真倉が笑う。

　面白いしすごい……。その言葉に、なんだか胸の奥がほわほわするような感覚を覚える。

「そうか……。それはよかった」

「あははは。ちょっと賢くなれました」

　これまで勉強をやってきて、いい成績をとって褒められたことは何度もあった。だけど、こんな気分は初めてだ。

「にしても、さっきのデートの件は普通に騙されたぞ。本気で言ってるのかと……」

「表現力豊かでしょ」

「ああ、かなり」

　俺がそう答えると、真倉はふふっと呼気を揺らす。

　それは、元アイドルとして、そういう仕事をしていたから……？

そんなことを考えていると、真倉と目が合う。彼女は薄らと口許に笑みをたたえ、小さく首を傾げてみせてくる。ひゅうっと強い風が吹き、髪がふわりと宙に舞った。

何か言わなければと俺が口を開こうとした、そのときだった。

「喧嘩は終わったかいねー、カップルさん」

はっと俺たちは振り返る。

そこには手すりを持ちながら階段をのぼってくる男性の姿があった。白髪頭で腰の曲がった、高齢のおじいさんである。真倉がさっと海の方を向き、ジャージの襟元で少し顔を隠すのが、横目で見えた。

「それじゃあ、そろそろお邪魔しますよ」

そう言いながら展望台に入ってくると、おじいさんは目尻の下がった細い目で俺たちを見回す。

「デートなら仲よくせんとねぇ、カップルさん」

「あ、は、はい。……か、カップル？」

俺が慌てたように返事をして、それから二人、顔を見合わせる。

おじいさんはどうも、俺たちの会話が終わるまで待っていたというような口ぶりだ。き、聞かれていたのか。いつから？　全部？

しかも、俺たちがカップルだと勘違いされていて……。

考えると、急激に恥ずかしさがこみ上げてくる。

「ち、違いますよ！　カップルじゃないです」

先程あんな会話をしておいて、と思われるかもしれないが、しっかりと否定はしておく。

「そうなんかい？」

おじいさんは首を傾げた。それからまた、俺たちを交互に見る。

「けど、お二人さん、お似合いじゃよう」

追い打ち!?

見れば、真倉は頬を赤くしながら顔を俯けている。照れているのか？

「た、ただの友達なので」

俺がそう言うと、おじいさんは「ほっほっほぉ」と笑う。

「すまんねぇ、若いもんの邪魔をして。この階段が散歩コースだからねぇ」

おじいさんは海を見ながら、体操でもするように両腕を広げて伸びをする。それからすぐに、俺たちに謝るように軽く手刀を切って、階段をゆっくりと下りていった。気まずい空気だけを、置き去りにして――。

「…………」

「………」

俺たちは、しばし無言でおじいさんの背中を見送っていた。階段を一番下まで下りて、道路を曲がってその姿が見えなくなったとき、ふうと真倉が息をつく。

「いやぁ、まさかだったね」

「ああ。あんな勘違いをされるとは」

俺が頷くと、真倉がちらりとこちらを見てくる。それから何やら、下唇を突き出したしょんぼり顔を作り、

「き、キミにとってわたし、ただの友達だったの？」

「おい、懲りないな、まだやるか」

「あははは。まぁ、堕落仲間とは言えないもんねー。説明が難しいですし」

真倉の笑い声を聞いて、俺もやっと緊張が解けてきた。しかしまたすぐに、肩に力の入るセリフが飛んでくる。

「でも、どうでした？　わたしとお似合いって言われて？」

「ど、ど、どどど、どう？」

思わず派手にどもってしまった。

「嫌じゃなかった？」

「そ、それはない！　絶対！」

言って、またしても猛烈な恥ずかしさに襲われる。

嫌なわけはない。もちろんだ。真倉とカップル。どちらかといえば……嬉しい方に入る気が……。何を考えているんだ俺は。

「そ、そっちはどうなんだよ」

変な想像を打ち切ろうと、俺は質問を真倉に返す。

「んー……。悪くはないね」

そう言って、真倉はにやりと笑った。

「中々上から目線だ⁉」

「あははは。嘘です嘘です。悪くないどころか……全然、よろしくお願いします？　的な」

「お、おおう、それはそれで……」

「あ、あれ、わたし、なんか変なこと言っちゃってる？」

よろしくお願いしますってことは、オッケーということだ。つまり、真倉も俺とカップルと思われても問題ないと言っているわけで……。今、居ても立っても居られないほど、胸の鼓動が速くなっていくのがわかる。

真倉は「や、やははは」と誤魔化すように笑いながら、手でぱたぱたと顔を扇ぐ。俺もどう反応していいかわからず、「うははは｜」と笑い返した。

その笑いが落ち着いた頃、

「まぁ、それと……」

真倉がぽつりと呟く。

「それと？」

俺が訊き返すと、真倉はそこで一旦言葉を切った。すっと視線を海の方へ流す。

俺もつられて目を向けると、先程まで青かった空が、ほんの少し白く眩しくなっていた。

夕方、と呼べる時間になってきたのかもしれない。

最初は撫でるようにそよそよ吹いていた潮風も、今はどこか吹きつけてくるような重みを持っている。そんな風の音に混じり、

「……それと、もっと堂々とできればなって、思った」

ともすれば掻き消されてしまいそうな彼女の声が、俺の耳に届いた。

＊

「すごい！　綺麗！　わたし、旅館の畳の部屋大好きです」

「そうなのか？　気に入ったならよかったが」

「うん！　気に入った。予約してくれてありがと」

午後五時前、俺たちは本日の宿にチェックインした。

小ぢんまりした古風な建物ながら、中はとても綺麗で、部屋もほこり一つ落ちていない。

ネットでは「民宿」と書かれており、部屋数は五つほどのよう。小さな施設ではあるが、近くにある温泉の無料券がもらえたりして、ネットでの評価は結構高かった。

「ひとまず、長旅お疲れ様」

俺が座布団に座ると、真倉もテーブルを挟んだ正面に腰を下ろす。

「疲れたね、でも結構楽しかったよ」

ほわっと笑う真倉に、俺は少し安心する。

真倉はふーっと深呼吸をすると、顔を横向きに、テーブルにぺたんと突っ伏す。

「ほっぺた、冷たくて気持ちいいです」

「おぉ、いいな」

「畳……いい香り」

「あー、わかる」

「和室………落ち着く」

「お前、リラックスしすぎて寝ようとしてないか？」

先程から真倉の言葉が出るのが遅くなってきており、俺は思わずツッコんだ。うははは
と笑い、彼女は顔だけ起こしてこちらに向ける。顎はテーブルの上に置いたまま、

「それで、学道くんはどうして、この町を旅先に選んだんですか？」

そう訊ねてくる。

この特に馴染みもない場所にやってきた理由。それはただ一つ。

「これだな」

俺は机の上に館内説明の冊子と共に置かれていた、一枚のチラシを指さした。色どり溢れるチラシに、今日の日付が書かれている。「えっ」と小さく声を漏らしながら、真倉がそのチラシを手に取った。

「花火大会……？」

「ああ。夏っぽいこと、もういっこ消化しにいかないか？」

夜の公園で、真倉は花火を見に行きたいと言っていた。俺はそれを忘れていなかった。

「行きたい！」

真倉が弾んだ声を上げる。しかしすぐにじっとチラシに目を落とす。その横顔はどこか、何かを心配するような愁いを帯びていた。

少し、引っかかることがあるのだろう。そして実は、俺はその反応まで想定済みだった。

「パジャマ姿だと目立つかも、か？」

俺は視線をついと部屋の隅へと飛ばす。そこには旅館備えつけの浴衣が、薄い漆塗りの木箱に入って置かれていた。

「ここ、小さいけど温泉地で、花火大会には旅館の浴衣で参加する人が多いらしい。あの浴衣……寝るときにも着るよな？」

そこまで言って、真倉の顔を見る。言いたいことが伝わったようで、真倉はふっと口角を上げた。

「パジャマ、ってことですね」

「ああ。ここなら目立たずパジャマで花火大会に行ける」

夏休みはパジャマですごす、という真倉の決めごとも満たせる。

「なるほど。考えましたね――考えてくれたんですね」

この作戦を思いついてから、今後実施される予定の花火大会を探し始めた。近くに温泉があれば、条件を満たす。長距離の移動も視野に入れていたところ、運よく県内で今回の花火大会を見つけた……が、日程が翌日に迫っており、今度は慌てて宿探しを始めたのだ。

「ここ、素泊まりだから、祭りに行って何か食べないか？」

俺はそう声をかけた。

真倉はまたしばし、大きな花火が載ったチラシを見つめる。色とりどりの光が弾ける彼女の瞳を、俺はじっと眺めていた。

やがて彼女が顔を上げると、俺と真っ直ぐに目が合う。彼女は綺麗に微笑んだ。

「……うん。行こう。楽しみだ！」

俺はぐっと小さく拳を握る。

真倉と一緒に花火を見に行けるのが、単純に嬉しかった。

本物の花火を見上げる彼女の瞳の輝きはもっともっと綺麗なんじゃないだろうかと、俺は密かに想像をした。

＊

道の両側にぽつぽつと吊るされた赤い提灯が、夜道に映えていた。

船着き場へと続く細い道を歩いていると、だんだんと同じ方向へ歩く人が周りに増えてくる。最初に現れた屋台はベビーカステラで、俺たちは二人で小さいサイズを一袋買った。

「本番はこれから。余裕持たせとかないとです」

真倉は笑って、ベビーカステラをつまんで口に運ぶ。袋の入り口がこちらに向けられ、俺も手を伸ばして一つもらう。

二人、お揃いの旅館の浴衣姿だ。真倉は髪をお団子にまとめており、白い首筋とうなじが露わになっている。

慣れない下駄をからころ鳴らし、ゆっくりと歩いていく。船着き場が花火大会のメイン会場になっているそうで、対面にある人工島から打ち上げられるらしい。潮の香りに導かれるように、月明かりと提灯に照らされた道を進んでいく。

「焼きそば、たこ焼き、から揚げ、わたあめ」

「どんだけ食べる気だ」

「ふっふっふ。久しぶりに下界に降りてきたからね。下々の者たちの食べ物を味わおうかと」

「アパートの二階からその発言ができるなら人生はきっと楽しいな」

「あははは。まぁ、楽しんだ者勝ちですから」

そんな軽い会話を交わしながら歩を進めていくと、先程よりも辺りに人が増えてきた。地元の人が多いのか、集団でわいわいと騒いでいるのをよく見かける。

ちらりとスマホ画面の時計を見れば、時刻は午後七時をすぎたところだった。

目当てのたこ焼きを見つけ、屋台に並ぶ。待っていると、後ろに四人組のグループがやってきた。真倉がきゅっと俺の浴衣の裾を指で掴み、身を寄せてくる。

急なことに、俺は思わずびくっと反応してしまった。それに合わせて、真倉もぴくっと身体を震わせる。

しかし、裾を持つ彼女の指は離れず――。

鼓動が速まり、身体の内側がじんわりと熱を持ち始めるのを俺は感じた。

「ど、どうした？」

「あ、あー、迷子にならないように？」

「どうして疑問形なんだ？」

「あははは。……ほんとは、なんとなく持ってたくなったから。学道くんのここ」

言って、真倉は掴んだ俺の裾をくいくいっと上げてみせてくる。

もしかすると真倉も、この祭りの熱に浮かされているのだろうか。

そんなお気楽なことを、そのときの俺は考えていた。

たこ焼きを買い、漁港へと入っていく。船着き場に面した広い道――普段は駐車場として使われているらしいその空間に、今日は屋台のテントが軒を連ねている。ここで目当てのものを買い揃え、花火の鑑賞スポットである波止場へと出ていく流れなのだろう。先に場所取りをして、こちらの屋台ゾーンに戻ってくる人たちも多い。

　そこにはたくさんの人が滞留していた。

「どうする？　まだ何か買うか？　飲みものはほしいよな」

　言いながら、また時間を確認する。七時二〇分。もうすぐ打ち上げ花火が始まる。

「う、うん。飲みものだけ、買っちゃいましょう。行こっ」

　そんなセリフと共に、ぎゅっと浴衣の裾を握られた。

　一見、はしゃいでいるように見えた。だが、その彼女の手が小刻みに震えているのを見て、ようやく俺は異常事態を察した。

「おい、どうしたんだ？」

「あっ、あっちにペットボトルの飲みものが売ってる！　ラムネもあるよ！　めちゃめちゃ久しぶりに飲むなー。あの氷で冷やされたのがおいしいんですよね」

　何かを誤魔化すように、そう早口でしゃべる。見れば顔色が悪く、冷や汗をかいているのか額に髪が張りついている。

「あっちはかき氷！　あとで絶対食べようね！　自家製もいいけど、やっぱし本場のを味わっとかないと――」

会話が途切れるのを恐れるみたいに、真倉が続ける。次の話題を探すように、辺りを見回した。そのときだった。

「きゃっ」

余所見をしながら歩いていたせいで、通行人と肩が当たってしまう。

「おっと、大丈夫かい？」

ぶつかった五〇代くらいの缶ビールを持ったおじさんが、よろめきながら振り返る。そして、

「おわー、姉ちゃん綺麗だねー。どこの子だい？」

そう弾んだ声を上げる。

「す、すいません」

真倉は小さな声で言って、俺のそばに駆け寄り、隠れるように浴衣の裾を掴む。

「ほんとに大丈夫なのか？」

見れば、血の気が引いた真っ白な顔をしている。浴衣を掴む指が、まだ小刻みに震えていた。

そんな中、おじさんが注目を集めるようにビールを軽く持ち上げながら大きな声を上げる。

「おーい、みんなぁ。ものすごいべっぴんさんが祭りにきてくれてるぞぉ」

地元のおじさんだったのか、辺りにいた仲間と思しき人たちが笑いながら近づいてくる。

「どれどれ、ウチの町にそんな可愛い子がおるかいな」

「まーた、若い子に絡んで。花火も始まっとらんのに飲みすぎや」

「――あれ、この子どこかで……」

その中の一人、頭にタオルを巻いた少し若めの男が、何かに気づいたように真倉の顔を覗きこもうとした。

「おん？　知り合いかいな？」

「いやぁ、俺、アイドル好きじゃないですかぁ。それでこの子、もしかして、鎌倉……」

まずい、バレてしまったか⁉　真倉が、実は鎌倉こゆなだと。

俺は慌ててかばうように、男と真倉の間に身体を滑りこませる。

――大丈夫か？　そう訊ねようとしたとき、

「真倉⁉」

俺の顔を見た真倉の瞳が、ぐらんと揺れた。と思ったら、次の瞬間、気を失ったかのように膝から地面に崩れ落ちる。

俺はなんとか抱き締めるように、真倉の身体を支えた。

「お、お嬢ちゃん大丈夫かい？」

「誰か！　救護班を呼んで！」

注目を集めてしまったようで、辺りが一段と騒がしくなる。すると、真倉が俺の肩を支えに、よろよろと体勢を立て直した。一人で歩きだそうとする。

じっとしてないと——と言おうとして、俺は「いや待て」と思い直す。

パジャマ姿を見られたくない。目立つのが嫌。

真倉のそんな声が脳裏に蘇る。彼女が度々口にしていた言葉だ。

なんらかの原因で、注目されるのが苦手になった。その程度の認識だったのだが……。

俺の想像以上に、その状況は、彼女にとっては耐えがたいものなのか？

……ならば——。

歩こうと一歩を踏み出した真倉の身体を、俺は後ろから抱き上げた。

「きゃっ、えっ、学道くん⁉」

左手を背中に、右手を膝の下に。いわゆる、お姫様抱っこである。深い意味はない。抱き上げて動きやすい、一番の格好がこれだったのだ。

初めて抱き上げる女の子は、運動不足の俺でも平気で持ち上げられるほど、とてもとても軽かった。

「掴まっててくれ」

そう言って、俺は走り始めた。ざわめく人混みを駆け抜ける。

とにかく、誰もいないところへ。

真倉が俺の首に手を回し、胸にぎゅっと顔をくっつけてくる。

夏の暑い空気と祭り屋台の熱気が肌に纏わりつく。手首にかけたたこ焼きの袋が、ガサガサ弾んで鬱陶しい。スピードは落とさず、なんとか人にぶつからないようギリギリでかわしながら駆け抜ける。

屋台の並ぶ道や船着き場は避け、漁港の奥の暗がりへ。狭い道から路地に入り、とにかく遠くへと裏通りを進む。やがて辺りに空き地が増えてきて、大きな川へと突き当たった。

周囲に人影はない。祭りの喧噪も届かない。

俺はそっと足から、真倉を地面におろした。真倉はへなへなとその場にへたりこむ。彼女の様子を窺おう——としたのだが、俺は俺でそれどころではなかった。

「はぁはぁはぁ」

いくら真倉が軽いとはいえ、人一人抱えての全力ダッシュで体力は全て奪われていた。さらに、圧倒的運動不足の俺である。

「はぁはぁはぁはぁ——」

ここまでこられたのが、いわゆる火事場の馬鹿力——というか奇跡に近かった。

「だ、大丈夫です？」

　あまりにも息切れが激しく、真倉に心配される始末だ。

「大丈夫だ。そっちこそ、落ち着いたか？」

「うん。落ち着かざるを得なかったよ」

　苦笑しながら立ち上がって、真倉が俺の背中をさすってくれる。

「す、すまん」

「ううん。ありがと。ほんとに、助かった……」

　しばらくして呼吸が安定してくると、二人で川のコンクリート塀によじのぼった。俺の胸の辺りの高さの塀の上に、足をぶらぶらさせて座る。下駄が落ちないか心配で、ちょっとだけ力をこめてつま先を丸める。

　ちょうど河口の辺りみたいで、右を見れば暗い海が広がっていた。規則正しい波の音が耳に届く。一息つくと、遠くかすかに祭りに集まる人たちの声が聞こえた。

　俺はちらりとスマホで時間を確認する。七時半になろうかというところだ。

「……なぁ、真倉」

「……何かな？」

「訊いてもいいか？」

俺は横目で彼女の顔を窺った。ぱっちりとした二重の目は、川の水面をじっと捉えている。睫毛がくるっと、空に向かって伸びている。

「うん……」

彼女は小さく頷いてくれた。

「真倉が、どうして堕落を始めたのか」

ずっと、気になっていたこと。彼女が今の生活にこだわる理由。こうなってしまったわけ。そして、一人で抱えている悩み。

そういったことが、少しでもわかればいい。

「どうして知りたいの？」

真倉は真っ直ぐ川を見つめたままだ。

「そうだな……。例えばさ、部活の先輩に、どうしてこの部活を始めたんですかって訊ねるようなものなんだ。今回は、堕落の先生に、だが」

俺がそう言うと、真倉が少し眉をひそめてこちらに顔を向けた。

「尊敬する相手のことをもっと知りたい、みたいな。つまり、まぁ、単純な興味ってところが大きいな」

その原因を聞いて、堕落をやめさせる方法を見つけようとしているわけではない。

　ただ、何か、俺にできることがあればいいなと思うのだ。

「あははは、わたしのこと尊敬してるの？」

「そりゃあもちろん、俺の先生ですから」

「学校の先生も、尊敬してる？」

「それは……どうだろ。別に……」

「やった、勝利！」

　そこまで言って、真倉は無邪気な表情で笑った。

「なんの勝負だよ」

　ツッコみながら、俺も思わず笑みを漏らしてしまう。ようやく、その場が少しだけ和んだ気がした。

「まぁでも、ここまできて秘密にしてるってのも、難しいか」

　言って、真倉がふっと短く息をつく。しかし、まだ少し、何から話すか迷うように視線を下に落とす。

　そこで、

「……昔、アイドルをやっていたことと、関係あるのか？」

　俺はそう口にした。アイドルのことを変に隠そうとして、話しにくいのもあるかもしれない。すでにここまでは知ってるぞ、と教えてやる。

案の定、真倉は目を丸くした。動揺に口をあわあわさせる。

「ま、待って、知ってたの？」

「ああ、一応」

「う、うそ……。あ、あのとき、こっそりリモコンでテレビ消したの、バレてた？」

「あのとき？」

俺はよくわからず訊き返す。

「あの、初めてわたしが学道くんにご飯を作ったときです。テーブルを片づけながら、さり気ない流れで消したのだけど」

「えっ、あー、そういえば……」

言われてみれば、確かにあのときテレビを消していた。確か、地下アイドルからデビューしたっていうグループが歌おうとしていたところだった。

「もしかして、あのとき出てたアイドルグループって」

俺のその言葉に、真倉が首肯する。

「……昔、わたしが所属してたところ」

驚きの事実だった。そんなヒントがあったなんて。でも、もし『七人の小人ちゃん』がテレビに出ていたとしても、当時の何も知らない俺は気にすることもなかっただろう。

「あのときそのまま見てたら、自分がどんな気分になるかわからなくて……。だから、学道くんの前ではやめとこうと思ってテレビ消したんだけど。逆にそれで、学道くんに、このグループに何かあるって気づかれちゃったのかなって思ってたんですが」

「いや、そういうわけでは。全然全く関係ないんだが……」

俺は慌てて首を横に振った。

「たまたま、その七人の小人ちゃんの昔の写真を見ることがあって、そこに真倉そっくりの人がいたから……」

ほんとは弥子さんに教えてもらったのだが、それを真倉に言っていいかわからなかった。もしかすると、あとで弥子さんが怒られることになってしまうかもしれない。真倉に嘘をつくのは気がひけたが、一応、当たり障りない理由を述べて弥子さんをかばっておく。

「そっか、それで……。みんなよく気づくよね。髪型とか、思いっきり変えたりしたんだけど」

まぁ、真倉のようなレベルの美人、あまりいないからな……。

「……その、有名だったみたいだな」

「結構、割と、なんとか……おかげさまで」

言って、少し照れたように頬をかく真倉。

「あー、でも見つかっちゃったか。週刊誌とかに持ちこまないでね」

「あの伝説のアイドルの今⁉　って感じか？　持ちこむわけないだろ」

「違うちがう。ついに発見、未確認生物ＵＭＡ！　とか」

「ほんとのレアモンスター扱い⁉」

「あははは」

俺のツッコミに、真倉が笑う。いつもの雰囲気に近づきつつあった。

「……でも、なるほど。それで、過去のわたしを知ったたってわけだ」

「ああ、そういうことだ。それでまぁ……そのアイドルしてたっていうのが、今の生活に何か関係あるのかなぁとか思ったりして」

一歩だけ、踏みこんでやる。

真倉は少し視線を落とす。ぷらぷらと揺れる自分の足を眺めながら、何か考えているようだった。

「……そうだね。せっかくの旅だし。それに、学道くんにになら、聞いてほしいかも……。だって、旅の夜だし」

「……確かに、旅の夜だ」

　そう俺が返すと、真倉はふふっと呼気を揺らす。旅先という、特別な夜の高揚感を理由に、真倉は俺の疑問に答えてくれるようだ。

「……最初はね、好きから始まったの」

　そう、真倉は切りだした。

「好き？」

「好き。……アイドルが、好き。憧れてた。小さい頃にテレビでアイドルを見て、ダンスを習い始めた。歌も大好きだったから、毎日いっぱい歌ってた。いつかなりたいなって、ずっと思ってた」

　ぽつぽつと、徐々にすらすらと、言葉を紡いでいく。

「アイドルになったのはね、中学一年の夏前だった。といっても、いわゆる地下アイドルで、オーディションもあってないようなものだったけど。でも、自分が選ばれたときはめちゃめちゃ嬉しかったし、新規グループの立ち上げだったから、絶対にこのグループを有名にしてやるって意気ごんでた。本気で頑張ろうって思って、やってきた」

「そうだったのか」

「うん。そうだったの。センターにも選ばれて、だんだんファンの人にも恵まれだして。めちゃめちゃ有名に――メジャーデビューも果たせて、毎日わくわくしてた。最初は、本当にうまく進んでたの。……まぁ、それがうまくいかなくなっちゃったのも、わたしのせいなんだけど」

俺はこくっと唾を飲む。彼女の口からいったい何が語られるのか。

「簡単に話すとね……。わたしたちの目標は、何がなんでも売れることだった。だからとにかく、周りの大人やファンの人に気に入られるように。彼らにとっての理想の姿を演じ続けること。それが、プロデューサーの方針で、わたしたちが絶対に守るべきことだった。何があっても、いつもにこにこ笑顔で。加えて、常に相手に気を遣い、相手の求める姿に自分が合わせるように。特にわたしはセンターだから、しっかりしないといけない。プロデューサーにつれられて、いろんなところに挨拶に行くことがあったけど、あそこの大人はこんなタイプが好きだからって、ウイッグつけてロングヘアーにしたり、メイド服を着たり、学校の制服でスカートをめちゃめちゃ短くしたり。とにかくとにかく、相手の理想になれるよう、徹底して生きてきた。そうするよう、言い聞かされてきた」

真倉がちらと俺を見る。なんと声をかけていいかわからず、俺は口をもごもごさせただけだった。

「いつでもにこにこ。相手に気を遣い、その理想を探って、自分を近づけていく。その日ちょっと体調が悪くても、気分が乗らなくても、絶対に相手を優先。自分じゃない誰かになって、相手に好かれようと頑張る。みんなに愛される、アイドルグループのセンターになるために。……まぁ、それが仕事で、お金をもらってたんだけど。そういうものだって、過酷な道だって、わかってたんだけど」

そこまで言って、真倉はふっと自嘲的な笑みを浮かべた。

「そうやってすごしてると、ある日、ほんとの自分がわからなくなってきたんだよ。誰の前に立っていても、それはその場面に合わせて演じている自分な気がして。実際そうなんだろうし。じゃあ、これまでの――アイドルになる前の自分はどこに行っちゃったの？　なんて考えだしたりして。……なんかちょっと、疲れちゃったんですね」

「……辛いな。厳しかったんだな」

「地下アイドルの数が急激に増えてきた時期だったしね。その中でも、奇抜なことはせず、有名な人から楽曲を提供してもらったり、いっぱい練習してパフォーマンスのレベルを上げたり、まともな路線でいこうっていう方向性だったから。そういうホスピタリティ的な面でも質を高めてファンを集めていこうとプロデューサーも必死だったんだよ。だからね、ついていけなかった自分が悪いんだ。こんな雰囲気で、悲劇のヒロインぶって話すことでもないんだよ」

そうは言っても……と俺は思う。所属アイドルを疲弊させるほどのプロデューサーの方針と、その徹底は正しかったのだろうか。一四歳の少女には、それが重圧として日々伸しかかっていたのかもしれない。

「結局、二年目の夏くらいにどうしようもなくなって、半ば逃げるみたいにアイドル活動をやめちゃったの」

真倉はそこで区切るように息をつく。ただし、話はそこで終わりではなかった。

「ただ、アイドルをやめても、アイドルだった過去は捨てられない。おかげさまで、結構顔も売れちゃって……街とかでも声をかけられたりするの。引退しても、もう、鎌倉こゆなからは逃れられなかった」

「え……」

「わたしは鎌倉こゆなのまま、アイドルとして誰かと接するのはやめられなかった。というか、完全に身に染みついてしまっていたんです。いつでも完璧で、相手に好印象を持ってもらって、さらに落胆させないように気を遣って……。無理をして、合わせて、自分を捨ててでも相手にすり寄っていく癖が。それに気づいた途端、人目に晒されるのがとても怖くなったんです。誰にも話しかけられないように、人を避けるようになりました」

出会った頃、俺が課題を届けにいく度にしっかりと身なりを整えて出てきた真倉。あの印象的だった、咲き誇るひまわりのような満点の笑顔が頭に浮かんでくる。初めから下の名前呼びで距離を詰めてきたのも、もしかしたらそうだったのかもしれない。それでいて相手との距離を測るような、敬語とタメ口を混ぜた話し方も……。

俺に対しても、彼女のそのアイドル時代の癖は発揮されていたのだ。

「さっきの祭りでのこと……。あれも、人から注目を浴びるのが怖くて？」

「そうだね……。ごめんね、お見苦しいところを。ひどいときは、あんな感じでパニックになっちゃうんだよ。自分を取り繕いながら、一対一で軽く話すくらいならなんとかなるんだけど」

どうやら──いや、わかっていたことだが、症状はかなり深刻なようだった。

知らずとはいえ、ネット配信という人前に出る行為を彼女に提案してしまったことを、再び後悔する。

「で、まぁ、そんな感じで……。高校に入るときに、誰もわたしを知らない、少し家から離れた場所に行こうと思って。お母さんからの薦めで、親戚からのサポートが受けられる今の高校を選んだんだけど」

「へぇ、親戚？」

「はい。従姉なんですけど。ほら、学道くんもよく知ってる、先生」

「……熊田先生？」

「そうです。熊田先生です。熊田先生は、わたしの従姉のさとみちゃん」

「そうだったのか⁉」

かなり驚いた。でも確かに言われてみれば、熊田先生、真倉の事情をよく知るような口ぶりで話していた。過去のことも把握していたのだろう。

それで、真倉のことをずっと心配していたのか……。なんだか繋がってきた気がする。

ただ、なぜ俺に補習課題のおつかいを頼んだのかは、まだわからないが……。

「アパートも、幼い頃から仲のいい弥子ちゃんがいるところに引っ越した。もし一人で何かあっても、協力してもらえるように」

「それで……」

弥子さんと真倉、以前二人揃ったときはとても仲よさそうにしていた。そういえば、従姉の友達と言ってたっけ。ということは、弥子さんと熊田先生にも繋がりが……？　とにかく、昔から深い関わりがある相手であれば、真倉も変な気を遣わず接することができるのだろう。

それに、元アイドル鎌倉こゆなが、あのアパートに住んでいるなんて、万が一バレたときは大変なことになる。そんな非常事態に備える意味でも、近くに知り合いが一人はいた方がいい。

「完璧な布陣、で一人暮らしを始めて、環境を完全にリセットしたんだけど……。でも、やっぱし学校はどうにも難しくて……」

「そうか……」

　無意識に、声のトーンが落ちていたかもしれない。そんな俺の肩を、真倉がぽんぽんと叩いてくる。

「まぁでも、今となっては昔話ってやつだよ。そんなんでわたしの人生終わらせたくないから。アイドルやめて時間もできたし、これまでやりたかったこと、もう思いっきり好きにやっちゃうぞって思って、それで今」

「堕落生活？」

「そうそう。どうせ家にいるなら、好きなことを楽しんじゃおうって。このままつまらない毎日には、絶対にしないぞって。心に決めて、すごしてる。……そうしてないと、自分が押しつぶされちゃいそうな気分だったってのもあるけど」

　言いながら、真倉は遠く空を見上げる。

「元々ね、オシャレが好きで、アイドルやってたときからいろんな衣装を着るのが楽しみだったんだ。ただ、アイドルやめてからは好きな服を着るのが怖くなっちゃって。オシャレしても、人目を集めたら困っちゃうし……。ただ、そんな中、家の中で着るのが前提のパジャマだけは、安心して着られたの。心が落ち着くんだ。それで、いろんな種類を買って、パジャマでオシャレを始めた」

「それであんなにパジャマ持ってたのか」

「そうそう！　やっぱし衣装に気を遣ったら、テンション上がるよー。堕落生活――パジャマ生活を始めて、ようやく気持ちが安定してきました。実はちょっとお薬飲んでたりした時期もあったんだけど、今はなしでも大丈夫。時間はかかるけど、眠れるようになってきた。でも実は――心のどこかで焦りは感じてる。いつまでも、このままではダメだって――」

そこで、真倉がぱっと俺の方をみた。彼女の大きな瞳に、目を大きく開いた俺が映っている。

「そんなとき、学道くんがきてくれた」

「俺？」

「うん。学道くん。キミが、わたしの家のドアを無理やり開けて、入ってきてくれたんじゃん」

「確かにそうだったが……」

真倉に部屋のドアで挟まれた記憶が蘇る。あれは痛かった……。確か課題の話になって逃げだそうとする真倉を引き留めようとしたのだ。

「あのときさ、パジャマ姿見られて焦るわたしに、なんで相手のことを気にするんだ、みたいなこと言ってくれたでしょ。どんな格好しようが、お前の勝手、みたいな」

「言った気がするな……」

「あの言葉、ハッとしたっていうか、結構嬉しかったんだよ。なんか、ありのままの自分が許された感じがして」

「そ、そうなのか？　それならよかった……。いや、マジで」

あのセリフのあと真倉がどこか嬉しそうにしていたのには、そういう理由があったのか……。何も深く考えず、本音を述べただけだったのだが、結果オーライでよかった。

「それで……いつかはまた、人の視線とかも克服しないとなって思ってたんですが。学道くんなら大丈夫そうかなって思って、部屋——堕落教に引きこんじゃいました。まず、学道くんから慣れていければ、普通に接していければなって」

ごめんね、練習台みたいだね。そう言って、真倉はちろっと舌を出す。そして、

「以上！　ここまでが、わたしのお話でした。ごめんね、長くて」

ぱんと一つ手を鳴らし、最後はすっかりいつものペースで真倉はそう締めくくった。

ずっと謎だった、彼女がこのパジャマ生活をしている理由が、はっきりとわかった。

「……そうだったのか。辛かったんだな……」

「まぁ……ちょっとはしんどかったかな」

言って、真倉はやははと苦い笑みを浮かべる。

「ネット配信なんて勧めて……ほんとに悪かった」

何も考えず軽い気持ちで、俺は真倉にとんでもない提案をしていた。改めて反省し、謝罪する。

「ううん。昔のこと話してなかったわたしが悪いし。断るときも、ちゃんと説明すべきでした。あのときは、変な空気にしちゃってごめんなさい」

真倉が座ったまま姿勢を正し、ぺこりと頭を下げてくる。俺も慌てて頭を下げ返した。つむじ同士がぶつかりそうな距離だ。

顔を上げた真倉が、俺を見て再び笑う。

話したからと言って、問題が解決するわけでも、明日から何かが変わるわけでもない。だけど真倉は、どこか晴れやかな表情をしていた。

これまでの真倉を受け止めた上で、俺に何かしてあげられることはあるのだろうか。

そんなことを考えていると、

「じゃあ、次は学道くんの番だよ」

真倉がそう話を振ってきた。

「お、俺……？」

「うん。知ってるんだから。学道くんも何か悩んでるの。こっちはたくさん話したし、わたしも、学道くんのことが知りたいです」

悩み、なのだろうか。

ただ俺が、うじうじ一人で考えているだけで……。他の人に言えば、なんでそんなことで？　と笑われるくらいのことだと思う。

だけど、それでも……。

なんとなく、真倉には知っておいてほしい気もしていた。

何から喋ればいいのだろう。考えながら無意識にスマホを取り出し、ちらと画面を確認してしまう。一九時四〇分だ。

「さっきからたまに、スマホの時計見てるよね」

真倉が怪訝な顔で訊ねてきた、そのとき――。

ひゅーっと海に細い音が響き、ぱっと空が明るくなった。パンッという破裂音が鼓膜を震わせる。

「わぁっ！」

真倉が歓声を上げる。俺も「おぉっ」と驚きの声を漏らした。

続けて二発目、三発目の花火が、空に打ち上がる。輝く星の粉がきらきらと尾をひいて、夜空に大きな花が描き出される。

「すごい！　綺麗！　花火、ここからでも見えるんだ！」

「すごいな。ていうか、めちゃめちゃ穴場だな、ここ」

正面からのパノラマ席とまでは言えないが、海に近い場所で迫力もある。首を上げて見上げる位置で、花火が開いていた。

しばらくの間、俺たちは花火を眺めていた。

途中、不意に真倉の横顔に目が留まる。少し潤んだ大きな瞳の中で、色とりどりの光が飛び散っている。

世界一の美しいものを独り占めしている気分になって、中々目が離せなかった。

派手な連発が終わり、小休止に入る。

ふぅと息をついた真倉が、俺の方を振り返る。

「どしたんです？　ずっと黙って。何考えてるかあててあげよっか」

「わかるのか？」

「わかるよ。きっと、今の花火直径何メートルくらいかなー、とかでしょ」

「何尺玉か、か。それは考えるまでもなくデータが少なすぎて求められない。打ち上げ場所までの距離は簡単に出せるが、打ち上げ場所と俺たちのいる場所の標高差がわからないと……。あと仰角も問題か。そこが出れば簡単な三角関数になるんだが――」

「………きゃんゆーすぴーくジャパニーズ？」

「全部日本語だったが」

俺のツッコミに、真倉がうははと笑う。もしかすると、どう話しだそうか考えこんでいた俺の、緊張を解そうとしてくれたのかもしれない。

俺は小さく深呼吸をする。そして、再開した花火の方に視線を置きながら、ゆっくりと口を開いた。

「俺は……真倉のことが羨ましかったんだ」

「え、わたし……？」

真倉がきょとんとした顔で、自分を指さす。驚きというか、動揺めいた声音だ。

「どういうこと？」

「ああ。真倉はさ、いろいろな辛いことがあっても、それを背負った上で、今を全力で楽しんでいただろ？　俺は、それがずっとできなかったから……」

真倉がアイドル活動の関係で悩みを抱えたことは、知ることができた。だけど彼女はアイドルをやめ、多数問題を抱えつつも、今は自分のパジャマライフをエンジョイしようとしている。自分の好きなことを、真っ直ぐ全力でやろうとしている。

俺にはその姿が、とてもとても眩しかった。

そんな彼女に惹かれて——俺はこの夏休み、一緒に補習をサボって堕落ライフを送ってみようと決めたのだ。

「ずっと、勉強に心を縛られてた」

横で真倉がハッとしたように瞳を大きくしたのがわかった。

「それって……」

「幼い頃から母親に、勉強を強制されてたんだ。母親がさ、いわゆる学歴コンプレックスを持っててな——」

俺の母親は、周りの全てに対抗心、そして劣等感を抱いてしまう、ちょっと変な人なのだ。

ここからの話は、全て親から直接聞いたわけではない。俺の推測が、一部含まれている。

母方の祖父は、開業医。祖母も会社経営をしており、母親は世間一般から見れば上流な家庭で育ってきた。

母親を含め三人の子供たちは、みんな幼い頃は英才教育を受けさせられたそうだ。

ただ、その経験から俺に勉強をさせようとしている、というわけではない。

母親は三姉妹の末っ子で、姉二人とはそれほど年が離れていない。そして言葉を選ばず言えば、母親は三人の中では一番出来が悪かった。

『あなたからは危機感というものを感じない。きっと、一人っ子だからね……』

そんな言葉を、母親が口にしたことがあった。おそらく、姉妹で比べられながら生きてきた過去があるのだ。

姉二人が日本トップの国立大学に現役で合格したのに対し、母親は一年浪人したあげくランクを下げた私立の女子大に入学している。おばさんたちが大学時代の話をしているとき、母親が密かに唇を噛んでいる姿を見たことがあった。

俺の父親は、市議会議員をやっている。『忙しい』が口癖で、ほとんど家にいない。ネットなんかでその働きぶりを見てみると、どうも誇りを持ってやっているようだ。だが、たまに家にいるとき、彼は決して仕事の話は口にしない。

あまりにもわかりやすい話なのだが、おばさん二人の旦那の職業が国会議員と大企業役員なのだ。母親は、父親の職業にも劣等感を覚えているのだ。それに俺の父親は気づいているからこそ、家で仕事のことは話さない。

なぜ、そんな男と結婚したのか。そんな謎も、少し調べればすぐにわかる。結婚した年が、俺の両親が一番早いのだ。もしかしたら最初は、議員の父と母はラブラブだったのかもしれない。

母親は、自身の見栄のために父親を利用しようとした。それがうまく機能しなくなったとき、ちょうど次の駒が産まれてきたのだ――。

そこまでのことを、俺は順を追って真倉に話していった。

「なるほ、ど……。それは中々、なんというか……です」

「あー、すまん、コメントし辛いよな」

ただ事実を、知っておいてほしかった。母親の思いなんかは、想像で話している部分もあるが。まぁ長年近くで観察してきたのだ。間違いはないと思う。

「いや、そこは全然大丈夫なんですが……。それで、どうなったの？」

真倉がそう、訊ねてきた。

「母親は、新しく出てきた駒――俺に期待を寄せるようになった。親戚を、友達を見返すため、幼い頃から俺に勉強を強制した」

幼い頃から、能力開発の教室に通い、右脳を鍛えるトレーニングを受けさせられた。小学校に上がる頃には、塾と家庭教師を組み合わせ、週七日、時間に空きが出ないように勉強をさせられ、友達と遊ぶことは許されず。ゲームや漫画はもちろん、テレビ番組やSNSのようなみんながハマっている娯楽も、一切見せてはもらえなかった。

「小学生の頃は、その生活が当たり前と思ってたんだよな。授業が終われば塾や家庭教師から出される課題を夜遅くまでやって、倒れるように寝る。ずっと何かに追われているような気分ですごしていた。だけど中学生になって、要領が掴めてきたのか、塾の待ち時間とか帰り道とか、心に余裕ができてきたんだ。どうしてこんなことばかりしてるんだろうと思い始めた」

なぜ、周りは呑気に、楽しそうな毎日を送っているのに、自分ばかりこんな……。そんな気持ちが、常に心の奥に蟠っていた。だんだん、勉強ばかりしてるのがバカらしくなってきた。

「だけど……」

俺はそこで少し言い淀む。真倉が「うん」とかすかな相槌を打ってくれる。

「考えてみたが、勉強をやめたところで他にやりたいことが思いつかなかった。いや、やりたいことどころか、その空いた時間を何か別のことで埋めることすら難しかった。何をすればいいかわからなかったんだ。ずっと、勉強しかやってこなかったから……」

中学二年の頃、もう自由にすごしてやろうと塾の自習室を飛び出したことがあった。だけど行くあても、目的もなく、公園のベンチに座ってすごしていた。頭の中は、最近解いた数学の問題や、昨日覚えた英単語が延々と浮かんでくる。結局、夜にあった塾の授業が始まる前に、余裕を持って教室に戻っていた。

「何もなかったんだよ。俺には……」

「そんな……」

真倉がふるふると首を横に振ってくれる。

「勉強自体がすごいじゃん。学道くんのやりたいことじゃないのかもしれないけど……。その頭脳はなんにでも活かせる」

「そんなことないんだよ。中々うまくいかない。この前、家でお金を稼ごうとなったときだって、真倉がネット配信をするくらいしか思いつかなかった。勉強ばかりしていても、一円も稼げない」

自虐的な俺のセリフに、真倉は何やら考えるような表情をする。

ただ、一つ。今日、海辺で真倉に、俺の話を面白いと言ってもらえたことだけは、勉強してきてよかったと思えたけど……。

しかし、俺の頭なんてその程度なのだ。結局、今は大学に入るための勉強をしているだけ。それなのに、大学に行ってやりたいこともない。結局、なんの意味もない。

遊びでもなんでもいい。何かやりたいことがあり、それに全力で時間を使っている方が、一〇〇倍有意義なのだ。それに、長く気づかなかった。

だが、気づいてからも、これまでの生活を完全には変えられずにいる。

塾の授業は、俺にとって絶対的な存在だった。たまに自習室に行くのをサボる日はあれど、夜に行われる講師による授業を休んだことは一度もなかった。

中学になってからは家庭教師による勉強をやめ、入学試験まである有名な進学塾へ入塾したのだが、そこの講師は参考書を何冊も出しているような著名人ばかり。その授業を受けてさえいれば、勉強の心配はなかった。あとは難関校の受験対策を自分のペースで進めるだけで済む。

塾のことを信頼しているのは俺だけではなく、母親も同じだった。……いや、母親が妄信しているから、俺もそうなってしまったのか。

『もうすぐ塾の時間でしょう？』『土日にある特別講義は迷わず全部受けなさい』『クラス分けは必ず上のクラスへ行くこと。もちろん、トップの点数で』

そこへ通い始めてからは、そういった塾のことばかり口すっぱく言われた。塾を優先するため、学校は進学校ではあるが偏差値はそこまで高くない近所の高校で許された。そして、この堕落に浸かる夏休みの間も、補習はサボれど、夜の授業は全て出席している。

その辺りの事情も、真倉に全て説明をした。

「だから、最初は羨ましかったんだ。自分の好きなこと、やりたいことに全身全霊の女の子が。だけど、そんな子も何か悩みを抱えてると知って——その何かを背負いながらも今を全力ですごしていると知って、今度はその子が憧れに変わった。……俺はまだ——一緒に堕落なんてしつつも、心は縛られたままだったから」

一緒に堕落をしようと言われ、ぞくりとした。心が震えた。もしかしたら、何かが変わるかもしれない。自分を、変えられるかもしれない。

俺は真倉の誘いに乗った。

そして、それは正解だったと思う。こんなに楽しい夏休みは、人生で初めてだった。本当に彼女には感謝している。

だけど一方で、本気で堕ちきれていない自分がいて。

結局、根本までは変わらないのかと、胸中でずっと引っかかっていた。

——だから昨晩、俺は一つ覚悟をして、真倉を旅行に誘った。

「……そっか。そうだったんだ。そんなことがあったんだ」

話を終えた俺がしばし黙っていると、真倉が静かに口を開いた。

「ありがと。たくさん教えてくれて」

「こちらこそ。教えてくれて、聞いてくれてありがとう」

気づけば長く話してしまっていた。花火大会も終わりに近いようで、フィナーレのスターマインがカラフルに弾けている。

「綺麗だね」

「ああ……」

海から渡ってくる夜風が、とても心地いい。

この時間がずっと続けばいいのに。ありきたりな感想かもしれないが、生まれて初めてそんなことを思った。

俺はまた、手元のスマホ画面を確認する。

それから花火に目を細める彼女の横顔を、ちらりと見た。

一度こくりと唾を飲みこみ、口を開く。

「……俺、今日初めて塾の授業をサボるよ」

真倉が「えっ」と声を上げてこちらを振り向き、俺たちはばっちり目が合った。

「今日、塾あったの？」

「ああ」

「大丈夫なんですか？」

「そうだな。サボる。ていうか、あと一〇分で授業始まる。もう帰れない時間になってる」

「……もしかして、ちょくちょく時間見てたのって」

「あー。なんか気になってしまってな」

授業の始まる時間が近づいている。気にしないようにしていたのだが、祭り中、それが頭をちらつきそわそわしてしまっていた。

初めに日程を見たとき、俺はこの祭りを候補から外そうとした。しかし、すぐに「待て」と思い留まった。それから、下唇を噛みながらじっくりと考えた。

俺にとってこれは、とても大きな決断だった。勉強するのが当たり前で、塾に通うのは日常の一部で。何があっても、塾を休むという考えに至ることは決してなかった。

だけど、何か悩みを抱えつつも自分の楽しい道を突き進む真倉を見て、自分もそうなりたいと思ったのだ。ずっときっかけを探していたのかもしれない。ここにいるのはもう飽きた。まずは一歩を踏み出すことで、少しだけ人生が明るくなるだろうことは、真倉から十分教えてもらっていた。

ここから、自由になっていく。

「そっか。じゃあもう、サボりは確定だ」

真倉が悪戯っぽくにやりと笑う。

「ああ、そういうことだ」

「あはは、ワルだね」

「極悪だろ？」

真倉が「いえい」とハイタッチを求めてきて、俺はそれに応じる。

「学道くん的には、大きな一歩というか、空へ飛び立てたような気分？　よかったねぇ」

「ありがとう、真倉のおかげだ」

「そんなことないよ！　それにこちらこそ、ありがとう。学道くんがきてくれて、まだわたしも人に心を許すことができるってわかったし。それに、元々ソロで堕落の予定だった夏休みも、結果めちゃめちゃ楽しかったし」

辺りが明るくなるほどの、特大の花火が空で開いた。黄金色のしだれ柳が、黒い空にたくさんの輝く線を描く。

船着き場の方から、ひときわ大きな歓声と拍手が聞こえてきた。今のが最後の一発だったらしい。

空に残った光の破片がふらふらと舞い、一度瞬いてふっと消える。

終わってほしくない。名残惜しい。そんな思いだけが胸の内にぽつんと残った。

俺は鼻から、感嘆のような息を漏らした。

「あれ。でも確か、塾を勝手に休んだりしたら、親に連絡がいくんじゃなかったでしたっけ」

　空から俺の顔に視線を戻し、真倉が訊いてくる。そういえば、彼女には一度話したことがあった。

「ああ。いつ、親にバレるかわからない。……まぁ、電話くらいくるかもしれないが、ここまで連れ戻しにくることはないだろう」

「でも、あとで怒られちゃうかもじゃない？」

「それは、まぁな……」

　その辺りの覚悟はした上で、ここにきているのだ。問題はない。

　しかし真倉は、むぅと小さく頬を膨らませる。そのまましばし、視線を下げて何やら考えていた。

「……学道くんはさ、塾をサボることで一歩踏み出し、これまでの呪縛のようなものを振り切ろうとした。そう？」

「ん？　ああ、そうだが」

「それともね、塾をサボることを親に見せつけて挑戦状を叩きつけるような、そういう意味合いで塾をサボる？」

「親に見せつけて……」

　少し俺は考えてみる。

塾をサボってやったぞ。これまで勉強を強制されていたが、あなたの思い通りになっていたが——それも今日までだ。

そう、母親に宣言するのは気持ちいいかもしれないが、別にそこまでは計算に入れていなかった。

脳を支配する、勉強に対する脅迫観念から、逃れられればいい。ただそれだけだった。

夏休みの補習をサボったり、塾の自習室に行かず真倉の家で堕落したり。その延長で、塾の授業までサボれたら、何かが変われる気がしていた。母親と争う気は全くなく、今まで通りバレずにうまくサボろうと考えていた。

俺がそれを話すと、真倉は「なるほど」と呟く。次に自分のスマホを取り出して、画面をついついっと触り始めた。

「学道くんの通う塾、ここでよかったです？」

言って、ネットでの検索結果が表示された画面を見せてきた。

「そこだけど……何をするんだ？」

「ふっふっふ。もしまずかったら、すぐに止めてくださいね」

真倉は不敵に口角を上げ、画面をタップする。それからそのスマホを耳にあてた。

彼女が何をするつもりなのか、俺はすぐに察した。先程、塾をサボることの意味を聞いてきた理由も――。

すぐに電話が繋がったらしく、真倉は話し始める。

「もしもし、根来学道の母です。はい。本日、体調不良で授業を欠席させていただきたいのですが。はい。はい。よろしくお願いします――」

いつもより低い声を作り真倉は喋っていた。俺の母親の声に似ているかは別として、非常に堂々とした声音で違和感はない。これも自分を自在に演じていた元アイドルのなせる業なのだろうか。

それにそもそも、これまで塾を休んだことがなく、受付の人たちも俺の母親の声を聞いたことがないのでバレようがない。

スマホを耳から下げた真倉が、くるっと振り返って俺を見てくる。

「こうすれば、わたしたちの夜が邪魔されることはないでしょ?」

得意げに笑う彼女につられ、俺も思わずふふっと頬を緩めた。

「それは……すごくいいな」

まだこの二人の時間は続くんだ。それを思うと、胸がそわそわ沸き立つような気分になる。

とても、清々しい。

この夜の空気をいつまでも覚えていたい気分で、俺は大きく息を吸った。

⓫旅館の夜、部屋で二人——

一日が終わってしまうまで、あと三時間……。

こんなこと考えたの、いつ以来かな。

きっとそれほど、今日、大切な時間をすごさせてもらってるってことだろう。

わたし、真倉こいろは、夜風にあたりながらそんなことをぼんやりと考えていた。

学道くんは温泉に入りにいっていて、今は一人だ。わたしは部屋のお風呂でシャワーを浴びたあと、浴衣姿で旅館の外の自販機にジュースを買いに出た。

お風呂上り、どうしても喉が渇いて。人目を避けながら、ささっと部屋に戻るつもりだったけど……人通りがほとんどなかったことと、夜風が気持ちよかったことから、少しだけ外を散歩してみようと思ったのだ。

人のいないだろう脇道を選びながら、ゆっくりのんびり歩いていく。

こんなに長く外に出たのは、いつぶりだろう……。

そもそも外の空気を吸ったのも、この前夜に学道くんと公園に行った日以来だ。

この夏休み、最初はわたしが堕落とか言って学道くんを部屋に連れこんだんだけど、最後の方はわたしが学道くんに連れ出されるようになっていた。

おかげで、予想以上の夏休みをすごすことができた。毎日一人で好きなゲームしてても、きっと楽しい日々をすごせてたんだろうけど、それだけじゃ得られない充足感のようなものが胸に満ちている。

今だって、この旅行の夜が、透き通った外の空気が、特別で大事に思えるのだ。

高校一年生の夏休みに、こんな気分を味わえるなんて想像もしていなかった。堕落な日々が続いていくとばかり思っていて。今思えば、そこにはかすかな諦めのような感情も混ざっていたような気が、しなくもない。

花火を見ながら、学道くんととても深い話ができた。

わたしの過去のことを、抱いていた思いを、こんなに話したのは今回が初めてだ。

学道くんのこともたくさん知れて、彼がどんな思いを抱いて今ここにいるのか聞けて、嬉しかった。

お互いそれを話して、何か大きな問題が解決したわけでもないのだけど……。

だけどなぜか、それを話せた――聞けたところに、満ち足りた感を覚えている。

今はそれで——それだけでいい気がするのだ。

わたしの未来のことなんて、これまで散々考えたけど、どうにもできなかったし。もうなるようになれって気分だし。

明日には旅を終え、また非現実的なわたしの現実に戻るのだ。

その覚悟はできているつもりなのだけど……少しずつすぎていく残り三時間の今日が、やっぱし恋しい。

まぁ、わたしの方はそれでいいんだけど……。

——せっかく話してくれた学道くんの悩みには、何か力になってあげたいな。

わたしはその場で足を止め、手に持っていたスマホをいじり始めた。


もうそろそろ学道くん帰ってる頃かな。

ジュースを買ったわたしは、旅館の部屋へと歩きだす。

旅館の前の道へと角を曲がろうとしたとき——人の声が聞こえてぴたっと足を止めた。

ささっと道の端により、顔を俯き加減にやりすごす。

すぐに角を曲がってきた男女二人組が、わたしの横を通りすぎて行った。浴衣姿で、仲睦まじく腕を組んでいる。

カップル、かな。

そうだろうな。

こんなところに男女二人で旅行にくるなんて、恋人同士だと相場決まっている。

……わたしたちも、そう思われてるのかな。

考えると、胸がどくっと脈打った。

当たり前のように二人で旅行にきて、当たり前のように同じ部屋に泊まり、当たり前のようにおそろいの浴衣を着て。

ここまで当たり前のようにカップルらしい行動をしていると、何か妙な錯覚をしてしまいそうになる。

「も、もお。なんで一緒の部屋なのかな。おかしいよ！」

と、予約をしてくれた学道くんに文句を言ってみたり。

普段から狭い部屋に二人でいるのに、今更二部屋に分かれて泊まるのも変な話なんだけど。

——二人で、初旅行……。

なぜか妙にお腹の奥がそわそわとした。無意識に後ろの髪を手で整えてしまう。

な、何もない、何もない。当たり前じゃないか。普段から一緒にいるんだし。

でも、旅行の夜という特別感は確かにあって、学道くんも同じような高揚感を覚えている可能性も十分あって。その勢いにあてられて、なんてことがあってもおかしくないような気がして。

「待って、やばい。何考えてるんだ、わたし」

相手は学道くんだし。学びの道を真っ直ぐ歩いてきた、真面目くんだし。

それに、わたしたちはただの堕落の友だ。

……でも、真面目くんらしく、真っ直ぐ正しいルートで迫ってこられたら、わたしはいったいどんな返事をしたいんだろう……。

どんな返事をするんだろう。

あれ……この感じ……。

夜風がさっきより冷たく感じるのは、わたしの頬が火照ってきたからだろうか。その風がまた気持ちよく、この浮ついた心すら愛おしい。

わたしは弾む鼓動を感じながら、旅館へと足を踏み出す。

*

風呂から帰ってくると、部屋に真倉がいなかった。

スマホに『飲みもの買ってくる』とメッセージが入っており、俺は少し驚く。

大丈夫だろうか……。

心配だが、飲みものを買ってくるだけならすぐに戻ってくるだろう。

そう思い、俺は畳の部屋でぽつんと一人、真倉の帰りを待っていた。

「…………」

静かだ。

花火大会から戻ってくると、部屋には布団が敷いてあった。二組の布団が、ぴったりくっつけてあって、少しドキッとしたのは俺だけだったのだろうか。シングルベッドに二人で寝たこともあるのだが、なぜか今日は妙に緊張をしてしまう。

俺は入り口側の布団に座りながら……ちらりと横の布団に目を向ける。

やはり、初めての旅館でこれはちょっと……。隙間を開けるか？　いや、それはそれで変に意識したみたいじゃないか。

俺はぐるりと部屋を見回す。

押し入れ、テレビ台、床の間と続き、部屋の奥には広縁がある。中々立派な部屋である。

大きな掃き出し窓には眩しい室内が反射していて、外は見えない。

……部屋が明るすぎるか？

そう思って立ち上がり、部屋の灯りをいじってみる。ボタンで変更できる仕様で、ポチポチ押していると室内の灯りが消えた。すると残った広縁のオレンジ色の灯りによって、部屋の中がぼんやりと浮かび上がる。

こ、これはなんというか……さらになんかヤバい雰囲気だ。

俺は慌てて灯りを点ける。今、真倉が帰ってきてたら大変だった。変な調整というか、予行演習をしてると思われるところだった。

俺はへなへなと布団に腰を落とし、ふぅと息をつく。

……なんだろう、すごい、非日常感だ。

女の子と二人で、こんなところに旅行にきてしまっている。

いや、計画、実行したのは俺なんだけど……。

そもそもこれまでの人生で女の子とここまで親しくなったことがなく、もちろんこんな二人で旅行なんて想像すらしたことがなかったので、いざきてみても全然現実感がない。

その辺り、真倉はいったいどんな気持ちなんだろう。

この胸の浮遊感のようなものを、彼女も感じてくれてたらいいな、なんて少しだけ思った。

今日、真倉本人の口から、たくさんのことが聞けた。

俺も、いつもよりも長く喋ってしまった自覚がある。

お互い自分のことを伝え合い、そして、少なくとも俺は、わかり合えたような気分になっている。

しかしながら、特に何かが進展したというわけでもない。

それについて、風呂で一人考えていた。

俺に、何ができるか。俺は、これからどうしていきたいのか……。

いつの間にか、考えこんでしまっていた。からからと扉の開く音に、俺はハッとして顔を上げる。

襖が開き、その隙間から真倉がひょこっと顔を覗かせた。

「学道くん、やっぱしもう戻ってきてた！　ごめんなさい、遅くなっちゃいました」

「いやいや、大丈夫だ。でもちょっと心配したぞ、人波に呑まれて動けなくなってるんじゃないかとか」

「人波はなかったけど、カップルの波動にやられちゃってました」

「カップルの波動？」

「愛の波動ってやつです」

言いながら、真倉は部屋に入ってくる。よくわからないが、無事であればよかった。

真倉が「どうぞ」と水のペットボトルを差し出してくる。

「これでよかったです？　寝る前は水を飲むって聞いてたので」

「ああ、ありがとう」

旅館の冷蔵庫に水があるのを確認しており、それを飲もうと思っていたのだが、ここはありがたく受け取る。一緒にすごしていて感じるのだが、真倉はこういう細かいところでとても気が利く女の子なのだ。正直、見習わなければと思っている。

真倉が荷物を下ろし、それから俺の座る布団の方に目を留めた。

「やはは、やっぱりわたしたちもカップルだと思われてるのかな」

「カップル⁉　あ、ああ、そうだな……」

一瞬戸惑ったが、すぐになんの話か理解する。おそらくぴったりとくっつけられた二組の布団のことを言っているのだろう。

「そ、それじゃあ、失礼します……」

そう言いながら、真倉が自分の布団の上にきて腰を下ろす。そしてちょこんと、なぜか正座をした。

「お、おお」

俺も思わず、姿勢を正す。

隣り合わせの布団の上で、俺たちは同じ方向を見ながら並んで座る形になった。

「…………」

「…………」

なんだこれ。

失礼しますって、なんだ。そして、なぜ無言⁉

先にカップルなんて単語で、変に意識をさせられたせいだ。無性に気まずいのだが……。

ちろりと真倉を見ると、彼女も横目でこちらを窺っていたようで、目が合う。俺たちは慌てて目を逸らした。一瞬だったが、浴衣の裾からちょんと覗く白い膝小僧に比べ、彼女の頬が若干火照っているのだけは確認できた。

真倉も、照れてるみたいだ……。

さ、最初から広縁にあるテーブルの方に座っておけばよかった。布団の上なんて、悪手すぎるだろ。変な空気になる可能性は、予期できていたのに。

俺がそう一人で後悔をしていると、

「……は、花火。綺麗だったね」

真倉がぽそりと口にした。

「あ、ああ。綺麗だった。場所もよかったよな、障害物なく鑑賞できて、周りには誰もいなくて」

「うん、最高だった。完全に穴場でした」

「たまたま見つけたからな。運がいいよな、俺たち」

「学道くんのおかげだよ」

真倉が手を布団に突いて、身体を少しこちらに向けてくる。

「今日は、助けてくれてありがとう」

そう言って、ぺこっと頭を下げてくる。

「いやいや、そんな改まらなくても。びっくりしたが、体調なんかがなんともなくてよかった」

「そこは大丈夫。ちょっとクラッとしちゃっただけだから」

「ほんとに、救急車呼ぼうか迷ったんだぞ？　真倉が自分で歩きだそうとしてたから、あの場から離れる方に切り替えたが」

「あんなところで救急車呼ばれたら、注目されすぎて、待ってる間に意識飛びます」

「まさかの逆効果⁉　トラップすぎるだろ。よかった、早まらなくて」

俺が胸を撫で下ろす仕草を見せると、真倉はうははと笑う。

人がまだ苦手なのさー、と言葉の最後を伸ばしながら、真倉は足を崩した。

空気が緩み、くつろぎモードになってきた。

先程風呂で考えていたことを、どう切り出そうか。俺が迷っていたときだった。

「ねね、学道くん。塾、ほんとによかったんです?」

突然真倉が、そんなことを訊ねてくる。

「ああ。さっき話した通り、問題ないぞ」

「そっか。……や、ちょっと気になってさ。学道くんが勉強を頑張ってるのは事実でしょ？授業休んだら、その勉強が遅れちゃうんじゃないかって思ってですね」

あー、なるほど、そういう意味か。

「大丈夫だ。塾の勉強は確かに役に立つが、それはあくまで復習として、だ。自分で先に、大学受験レベルまでの勉強は進めてるからな。休んだところで実害はない」

「す、すご……。じゃ、じゃあさ、これの解き方ってわかる？」

「ん？」

急な謎の質問に俺が疑問符を浮かべていると、真倉がスマホの画面をついついと指で触って、こちらに見せてくる。

　そこには一つの数学の問題が写っていた。

「なんだこれ？」

「解ける？」

「そりゃあ解けるが……」

「簡単？」

「ああ」

　問題自体は高校三年生レベルだ。応用問題ではあるが、難関大学の受験問題には全く及ばない。

　だが、なぜこの問題の解き方を真倉が知りたがっているのかは全くわからない。

「例えばさ、他の人に、この解き方って解説できる？」

「大丈夫だが……なんなんだ？」

「えっとね、これなんだけど」

　そう言って、また真倉がスマホ画面を見せてくる。

　出品サービス、質問箱、掲示板。そんな言葉が並んでいる。

「これ、ＣＭもやってる有名なスキルマーケットアプリなの。ネットで、自分の得意なことでサービスを作って、それを販売できる。その中で、『勉強のわからないところ、わかりやすく教えます。』って販売してる人がいて、その人への質問のところに、今の問題教えてもらえますかって問い合わせがきてた。学道くんも、同じようなサービスやれば、お金が稼げるってことだよ！」

　勉強を教えるというサービスを、出品……。

「これだけだと、稼げる額はお小遣い程度だけど」

「……ああ」

「でも、無駄とは言いきれないんじゃない？　頑張ってきた勉強も」

　ぞわりと、全身が粟立つような感覚に襲われた。

　ずっと、意味がないと思ってきたのだ。勉強なんてやっても、なんのためにもならないと。加えてお金を稼ぐ術すら思いつけないのであれば、この頭は本当に役に立たないと、最近落胆したばかりだった。

　それが、こんなにも、簡単に、単純に。

　俺の心は今、憑き物が落ちたように舞い上がっていた。

「まさか、勉強で得た知識がそっくりそのまま役に立つとは。いや、塾の講師なんかと一緒なのか」

「あー、確かに、先生と一緒だね」

　俺の言葉に、ぽんと手を打つ真倉。

「こんなの、いつの間に調べて……」

　そう俺が呟くと、

「さっきだよ。ほんとにさっき」

「さっき？」

「うん。ジュース買いに外に出たとき」

「えっ、そんなときに？」

「そう」

　俺が驚いていると、真倉が続ける。

「学道くんが、俺には何もないなんて言うから、考えてたんです。そんなことないよーって、教えてあげたくて。学道くんは、ほんとにすごいんだよって。だってね、わたしに補習の課題のわからないところを教えてくれるとき、めちゃめちゃ上手でわかりやすかったもん」

　胸がかあっと熱くなる。

　正直、嬉しかった。

　真倉がかけてくれる言葉も、俺のためにしてくれた行動も。

真倉も、俺のことを気にかけてくれていたという事実も。

言葉が、思いが溢れるような感覚で、俺は口を動かした。

「俺も！　実は、ちょっと考えてたことがあって――」

真倉が目をぱちぱちさせて俺を見る。

「真倉がしてくれたみたいに、具体的な結果をここで見せることはできないけど……俺たちの未来の話だ」

真倉が改めて、膝をこちらに向き直した。

「……うん。聞かせてほしい」

真っ直ぐに俺を見つめる彼女の表情に、俺はこくっと唾を飲む。

「真倉はさ、俺の前だと平気――というか、素でいられるんだよな？」

「そだね。もう、隠すところもないくらい全部打ち明けちゃったくらいだし」

真倉のその答えに、俺はにやっと笑った。

「ならさ、何も悩まなくても、ずっと一緒にいればいいんだよ」

「ずっと、一緒に……？」

「そうだ。学校でも家でも、その他、いつでも。必要なときに、俺は真倉のそばにいる」

「そばに、いてくれるの？」

俺の言葉を繰り返す真倉に、大きく頷く。

「熊田先生が、保健室登校でも単位はもらえるって言ってた。保健室ならさ、ほとんど人に会わないだろ？　それで、休み時間には俺が遊びにいくよ。真倉が飽きないように、それと何か困ったことがないか聞きに。寂しくなったら言ってくれ、俺が体調不良のフリをして一緒に保健室ですごすから。不安になったら呼んでくれ、授業中でも飛び出して保健室に駆けこむから」

そうして学校内では、最大限一緒にすごす。これが俺の策、その一。

「放課後、それに休日も、真倉がよければ一緒にいよう。今日のやり方で、塾はいつでもサボれる。何か買いものとか、人ごみに用があれば頼んでくれ」

そうすれば、俺はもっと彼女の力になれる。これが策、その二。

「気分が乗らないときは、登校しなくていい。一緒にサボってゲームするのもアリだな。学校なんて、出席日数ギリギリまでは休んでいいルールなんだから」

真倉は黙ったまま、俺の顔を見る。ゆらゆらと揺れる儚げな瞳は、どこか消え入りそうな色をしている。

「どうして、そこまで……」

そんなの決まっている。

俺は小さく息を継ぎ、不敵な笑みを作ってやった。

「もちろん、この堕落を続けるためだよ。先生」

この夏休みのような楽しい生活を、これからも味わいたい。

堕落の先生と、生徒として。そして、堕落に隠された秘密を共有する、共犯者として。

「のんびりなんとか学校を乗りきりながら、あとは家での生活を楽しもう。俺たちのメインはそっちだ。それを楽しみに生きていこう。その間、お金を稼ぐ方法も時間をかけて考えられる」

これが、俺の策の全てだった。

真倉が少しでも、人生を楽しみに感じてくれたらいいなと思う。そのためなら、なんだってしてやりたい。いつの間にか、俺はそんなことを思うようになっていた。

「学道くん……」

真倉が小さく呟いた。みれば、その瞳が今にも決壊しそうなほど潤んでいる。

俺が驚いて、何か言わなければと口をあわあわさせていると、真倉が少しすり寄ってきて俺の浴衣の裾を掴んだ。

「ねね。いつか、毎日パジャマが当たり前の日がくる？」

「真倉が望むなら、きっとくるよ。こんな若いうちから準備できるんだから、なんとでもなる。毎日堕落、ずっと続く夏休み」

話がどんどん飛躍していっている感はあった。しかし気持ちが高揚しており、俺は大きく頷いてやる。ちょっと気障すぎただろうか。でも、今は気にしなくていいだろう。

「あははは、子供の頃の夢だ！」

なんだか夏休みが始まる前よりも、気持ちが前向きになっていた。真倉の方も、そうだといいなと思う。

「ありがと。わたしのために、考えてくれて」

そう言って、真倉は俺の浴衣を掴んでいた手を、ゆっくりと持ち上げる。

差し出された小さな手を、俺はしっかりと握った。

「これからも、よろしくお願いします。学道くん」

「こちらこそ、よろしく――」

握手をしながら、そう言葉を交わす。

俺の返事を聞いた真倉は、まるで太陽を見つけたひまわりのような、光の差した綺麗な笑顔を咲かせたのだった。

⑫受け継がれるテクニック

夕方の職員室。いつも課題を受け取りにきていた、熊田先生のデスクの前。

「いいか？　コスパ女子を演じるんだ」

なぜか今日、そこには弥子さんがいた。

熊田先生の隣の、空いていた椅子に足を組んで座り、そう俺たちに語りかけてくる。

熊田先生は自席に座りながら、俺は立ったままその話を聞いていた。

「コスパ女子？」

食いついたのは熊田先生だ。弥子さんはどこか自慢げにふふんと鼻を鳴らす。

「最近は景気が悪いからな、男の平均年収だって下がってて当然。そんな中、女とつき合っても、相手を満足させてあげられないかもなんて遠慮しちゃうイケメンもいるわけだ」

「はぁ……」

「そこでだ。飲みの席とかで男に好きな食べ物を訊かれたときなんかは、迷わずラーメン。そしたら絶対、今度食べに行こうって誘われる。間違いない。ここでお寿司とかお肉とか言ってると、一歩引かれる。コスパのいい女子をアピールするんだ。コスパ女子」

「何だそのテクニック……」

俺は思わず呟いてしまう。

「あたしはこの技で、今の人を含めて三人の彼氏と五キロの脂肪を手に入れた……」

「それは、なんというか……」

熊田先生が、難しそうに眉間に皺を寄せた。女性にとって体重の話はナイーブなのだろう。

「脂肪なんて、痩せればいいんだ。ここは彼氏を三人も作った実績が大事。プラマイだとプラスだ」

「いやその、元カレたちはみんな取り逃がしてるよね、弥子ちゃん。実質マイナスだよね……？」

熊田先生のその言葉に、弥子さんは一瞬ハッとしたように目を開いた。まさか、気づいてなかったのか……？　しかしすぐに、仕切り直すようにごほんと咳払いをする。

「い、今のカレとうまくいけば、大勝利。ハッピーエンドにしてみせる」

「……楽しみにしてるよ」

真倉との旅行明け、今日が初めての登校だった。時刻は午後三時。職員室に入ると、弥子さんという思わぬ先客がいた。

『いやー、営業の途中なんだけどな、たまにこうして顔出してるんだ。学校に、求人の営業ってことにして』

『弥子ちゃん、あんまり頻繁にくるのやめてよ。あいつ応接室で何長話してんだって、他の先生から白い眼で見られるの。今日は夏休みだからいいけど』

『あーい、あーい。そんなこと言って、さとみもあたしに会いたいくせにー』

とのことらしい。夏休みで職員室に人がほとんどいないので、今日は特別にデスクのところで話していたとか。

昔から仲のいいらしい二人は、確かに喋っていると楽しそうだ。

そしてなんと、弥子さんは、お盆の間に例のタバコジャックポットの彼氏と別れ、さらに驚くことにすでに新しい彼氏を見つけていた。

どうしたらそんなにすぐに彼氏ができるのか。熊田先生が訊ねてみた答えが、コスパ女子だった。

本当にハッピーエンドを迎えられればいいが……どうしてもまた愚痴を言いながらヤケ酒をする弥子さんが想像できてしまうんだよな……。

レディ二人と男一人の恋バナが一旦落ち着き、熊田先生がふぅと一つ息をついた。「さて」と、デスクチェアに着いたまま、改まったふうに身体をこちらに向けてくる。

「根来くん、うまくやってくれましたね」

「……なんのことですか？」

熊田先生が何を言いたいのかはだいたいわかっていたが、俺はそう訊き返す。

おそらく先生もそれを見越した上で、ふっと微笑んでくる。

「こいろちゃんが、自ら保健室を見にきたいだなんて」

そうなのだ。今日、俺は真倉と二人で登校していた。

完成させた真倉の課題を、俺が提出しに行くと言ったとき、一緒に行くと言いだしたのだ。二学期から通う場所を、見ておきたいと。

今は一人で保健室へ、二学期からの保健室登校の話を聞きに行っている。注目を浴びず、一対一で相手と向かい合う分には、真倉はなんとかできるらしい。俺と初めて会ったときのように、自分を取り繕ってだが。

「来週にあるテストも、保健室で受けると言っていました。根来くんのミッションは、これで概ねコンプリートです。……いったいどうやったんですか？」

「さぁ。俺は普通に勉強を教えて、課題をやらせただけですよ」

「へぇ……」

先生は短い相槌と共に、なぜかにやにやしながら俺を見てくる。

「一緒に旅行なんて、中々オトナな夏を送ったみたいですね」

「聞いてたんですか……」

「昨日こいろと部屋で話してな」

そう弥子さんが口許に微笑を貼りつけながら、口を挟んできた。

いったい二人でどんな話を……。何を、どこまで話したんだ……？

そういえば、真倉の家に入り浸っていることが、なぜか熊田先生にバレていたときがあった。情報はこのルートからだったのか。

「あのこいろちゃんを旅行に連れ出すとはねー。いったいどうやったんですか？　あ、旅行の内容については、詳しくは訊きませんよ。若い男女ですから、いろいろあって当然でしょう。教師失格かもしれませんが、今回だけは目を瞑って――」

「何もなかったですから！」

被せるように、否定の言葉を述べておく。

本当に、やましいことは何もしていない。旅館の夜だって、二人で握手を交わしたあとは、横になりながらお互いの昔話をしながら眠りに落ちただけだった。

信じてもらえるかはわからないが……。

「出た。いつものさとみのむっつり。おっさんみたいな下ネタの振り方するよな」

からかうような調子で、弥子さんが言う。

「なっ、へ、変なこと言わないで。生徒の前で――」

熊田先生は「もー」と弥子さんを睨む。若干頬が赤い。

これをチャンスとばかりに、俺は旅行の夜から話を逸らすことにした。

「ところで、先生、真倉の従姉だったんですね。それで、いろいろ動いてたんですか？」

熊田先生は俺の顔を見て、それから小さく咳払いをする。

「はい。黙っていてごめんなさい。あの子の事情は全て知っているつもりです。教師という立場から、なんとか学校にはきてほしいと思いつつも、やはり心の方も心配で……。なんとか彼女にできるやり方で卒業への道を探っていました」

「そうだったんですか……」

心なしか背筋が伸びており、熊田先生は教師の顔をしていた。

そんな先生に、俺はずっと気になっていたことを訊ねる。

「なんで、俺を彼女の家に送りこんだんですか？」

なぜ、補習の課題を届けるおつかいに、俺を任命したのか。

「根来くんにはいろいろとお願いをして、ごめんなさい。それと、ありがとうございました。予想以上の結果に、びっくりしています」

　熊田先生が、一度深く頭を下げてくる。そんな前置きのあと、

「テストの名前書き忘れは口実で、本当は、根来くんにお願いするのがぴったりだと思ったんです」

　そう、続けてくる。

「それは、俺がアイドルに——世間に詳しくないから？」

　弥子さんに、いい意味でも悪い意味でも、世間知らずだと言われたことを思い出す。

　加えて、今思えば、熊田先生におつかいを頼まれるときにも、アイドルなんかの趣味はないか探りを入れられていた。

　熊田先生は困ったような表情で苦笑いを浮かべた。

「確かにそれもあります、し、もしこいろちゃんが元アイドルだと知っても、根来くんなら安心だと思っていました。あと——」

　一度、言葉を切り、熊田先生が俺の目を見てくる。

「根来くんに、勉強以外のことに目を向けてほしかったんです」

「俺に？」

「はい。あなたはあなたで、何か悩んでいたでしょう？」

「……そんなことわかるんですか？」

「何かに追われるように勉強を詰めこむ姿。参考書をめくる際の、苦しそうな表情。何か、事情があることは明白でした。単純な、目標を達成するための努力とは違うものを感じていました」

俺、そんなにヤバい顔をしてたのか？　ただ確かに、先生の言う通りではある。

「それで、勉強とは程遠いところにいる、こいろちゃんに会わせてみようと思いまして。さっき言った通り、一度、他のことに目を向けてもらうため」

俺は小さく息を呑む。そんな意図があったのか……。

「こいろちゃんにも、根来くんはぴったりだと思ったんです。あの子がいつまでもこの状態でいることに焦っているのは知っていたので、言い方は悪いけれど、いい機会だと。根来くん、あまり人には興味ないタイプだったでしょ？」

「まぁ、そうですね」

正確に言えば、そういう性格にならざるを得なかったというか。ずっと、勉強ばかりさせられてきたせいで、友達もほとんどできたことがないし、作ろうとする暇もない。従って、特段周りに興味を持つこともない。

「そこが、こいろちゃんにとっては楽かなーと。ぐいぐい踏みこまれなければ、あの子のペースで他人との接触のリハビリができる。ただ、初心なはずの男の子が、あっという間にお部屋に上がりこんでいたのは予想外でしたが……やるときはやる子だったんですね」

「余計なお世話です」

なんというか、男女のことになるといらない一言が多いんだよな……。

にしても、相性を見て選んだとのことだが、本当に俺だから真倉とうまくいったのだろうか……。それが正しかったとすると、なんだか少し嬉しい気がする。

「そこまで考えてたんですね……」

「もちろんです。これでも担任教師ですから」

大きく頷いてみせる熊田先生。そこに、黙って聞いていた弥子さんが口を挟む。

「ほんとにそこまで考えてたのか？　課題を自分で届けに行くのが面倒とか、肌が焼けたくないからとか。そんな理由じゃないのか？」

「ちょい、台無しじゃん。せっかくいい教師アピールしてたのに」

「おい」

アピールだったのかよ。俺が思わずツッコむと、熊田先生は「冗談じょうだん」と笑う。

それから、俺に向かって再び頭を下げた。

「とにかく、根来くん。ありがとうございました。そして二学期も、こいろちゃんのこと、お願いします」

「まだ補習のテストが終わってないですが」

「そちらもよろしくお願いします。問題ないでしょう？」

先生も、真倉の学力知ってたよな……？

俺はそう思いながらも、

「はい、まぁ、なんとかします。……絶対」

最後はそう、力強く言葉にしたのだった。

＊

昇降口を出て、校門へと歩いていくと、自転車置き場の方からひょこっと真倉が顔を出した。

「もうきてたのか。すまんな、待たせて」

「ううん。わたしの方が、早く終わっただけだから」

「保健室は、居心地よさそうだったか？」

「うーん。まぁ、わかんないですねー。通ってみなきゃ」

そう話しつつ、俺たちは並んで歩きだす。

すると校門の前まできたところで、真倉がどこか楽しげな顔でこちらを見た。

「なんか、部活帰りみたい？」

言いながら、こちらに両腕を広げて見せてくる。

今日の真倉は、学校指定の鞄を肩にかけ、体操服のジャージを身に着けていた。まだ夏の暑さは残っているが、長袖長ズボンだ。少し大きめなのか、袖で手が半分隠れており、ズボンの裾は膝の下まで捲り上げている。

青色でラインの入った綿のジャージは、生徒の間ではダサいと有名なのだが……。真倉にはなぜか、そういうファッションなのかと納得させられそうなほど似合っている。

「確かに。夏休みは体操服で登下校してる人も多いしな。でも、なんで制服じゃなくて体操服にしたんだ？」

「そういえば説明してませんでしたね。この体操服……昨日からパジャマにしましたので。今日の朝、これで寝てきました。二学期からこれで登校しようと思いまして」

「あー、なるほど。つまり、無理やりにでも、パジャマ生活は継続すると」

「そういうことです」

へへっと、真倉は笑顔を見せる。

学校の体操ジャージをわざわざパジャマと設定、認識し、それを着ることで夏休み以降もパジャマ生活を続けようとしているようだ。

「いいんじゃないか？　パジャマ登校。堕落感が突き抜けてて」

「あはは、ありがとうございます。まぁ、わたしはこれくらいやってないとダメなんで」

言って、真倉はずり落ちてきていた鞄を肩にかけ直す。

「ダメっていうのは……？」

「なんていうか、わたしはずっと人に合わせてきて——人の理想に合わせすぎて、ダメになっちゃいましたから。だから、ちょっと大袈裟なくらい、自分を出していった方がいいかなぁと。そのくらいやって、ブレないようにしないといけないと思って」

「あぁ、そういうことか」

俺は得心して頷いた。

過去のトラウマを払拭するため、真倉自身が努力をしているのだ。ならば俺はそれを応援したい。

いいと思う、と俺が言うと、真倉は「でしょ？」と不敵に口角を上げた。

俺たちは同じ帰り道を二人で歩いていく。このまま一緒に、真倉の部屋に帰るのだ。今日は真倉のために、補習のテストに向けた対策をする予定。

塾の授業が休みでよかった。熊田先生になんとかしますと言いつつ、実は結構ヤバいと感じている。学力、中学レベルだからな……。まぁ、本人がやる気なので、大丈夫とは信じているのだが。もし塾があったとしても、今日はさすがに、また必殺のサボり術——真倉演じる母の出番だっただろう。

「ねね、ちょっとお腹すかない？」

住宅街に入る手前のところで、真倉がそう口にする。

「そうだな、確かに。なんか買って帰るか？　もうすぐ晩ご飯の時間だが」

「じゃあ、何かテイクアウトしません？」

真倉が視線を斜め上に、「うーん」と声を出して少し悩む仕草を見せてから——、

「ら、ラーメンとかどうです？」

すぐにそう言って、ちらりと俺の方を窺ってくる。

テイクアウトにラーメン……。それになんだか悩む時間も短く、わざとらしかった。

「……もしかしてだが、弥子さんから何か聞いたりしたか？」

「な、なんのことです？」

「コスパ女子とか」

「そ、そそそれはいったいどんな女子のことでしょう」

真倉の頬が、急速に赤くなる。

この慌てよう、どうやら先に弥子さんからコスパ女子の話を聞いていたとみて間違いなさそうだ。

その謎のテクニックを俺に試してくるところに、どういう意図があるのか。そこに確信を持つには、俺には経験値が少なすぎるが……。ただ、自ずと胸がドキドキしてしまっていた。

「ラーメン、いいな」

「と、特に深い意味はないよ？　単純に好きなので」

「俺もラーメン好きだぞ。テイクアウトの張り紙をしてた店が近くにある」

「ほんと？　じゃあそこにしよっ」

弾む足取りで、真倉が一歩先に出る。

夕陽の中の、彼女の背中。なびく髪。振り返る、彼女の笑顔。

いつになく、視界がとてもクリアに感じた。

その感覚を大事にするように、俺は立ち止まってぎゅっと目を瞑る。それから彼女へと、大きく足を踏み出した。

あとがき

執筆中は常に眠気との戦いです。なので、だいたい何かを食べながら、五感の一つを無理やり働かせることで寝ないようにしてパソコンに向かっています——。

そんな話を、この前別の作品のあとがきでさせていただいたのですが、その際に挙げていなかった最強の執筆のお供を見つけてしまったので、どうしても紹介させていただきたくこちらに書かせていただきます。

パチパチパニック！です。

ご存知の方も、すでにお仕事のお供にご活用されている方も多いかもしれません。あの『パチパチパニック！』です。

その名の通り、口の中でぱちぱちする系の駄菓子ですね。

子供が大好きなやつです。

生産終了になった『わたパチ』とか、サーティワンの『ポッピングシャワー』とか、そのほか食べるとぱちぱちするキャンディチップが入ったラムネなんかもいくつかあると思います。

それらのぱちぱちする部分だけを取り出したのが、パチパチパニックです（少し小さなラムネも入っていますが）。

これがどれだけすごいことか、もうお分かりかと思います。

わたパチから、「パチ」の部分を取ったら、ただの「わた」ですよね。ポッピングシャワーから「パチ」を抜いたらなんだかもの足りなくなりますし、パチパチするラムネからそのチップを抜いたらほんとに普通のラムネになってしまいます。

どうでしょう、「パチ」の重要性。

そしてその全ての主役になり得る「パチ」だけが抽出されたお菓子があったとしたら……。

今日までこれを求めて生きてきた人も多いのではないでしょうか。

実はつい先日まで、わたしはこのパチパチパニック！を知らずに生きてきました。

偶然入った駄菓子屋でたまたま目につき、こんなお菓子があるのかと。そして食べてみたときは衝撃を受けました。

味がおいしいのはもちろんですが、食べるたびに口の中がぱちぱち。その弾ける感覚が楽しいのはもちろん、その感覚に集中するので眠気が襲ってきません。

また、コスパもよく、ネットで買っても単価四〇円ちょっと。味も三種類ほどあり、お菓子作りなんかのトッピングにも使えるみたいです。

一袋五グラムあたりのカロリーが、混ざっているラムネも含めて二〇キロカロリーあるのが少し気になりますが……一晩につき一袋をゆっくり食べるならまぁ、全然問題ないでしょう。

おすすめです。

謝辞です。

ただのゆきこ様。カラーであがってきたカバーを見たときは感動しました。ヒロインをとっても可愛く形にしてくださりありがとうございます！　いただける挿絵を見るのが生きがいでした。ありがとうございます。

編集S様。いつもいつもお世話になっております。無事新しいシリーズが出せて感無量です。今回もたくさんのアドバイスをありがとうございました。

読者の皆様。

この度、この新シリーズを手に取っていただき、またこんな本の最後のところまでおつき合いいただきありがとうございます！
パジャマ姿の女の子って可愛いよね、という熱い思いから書き上げた一冊です。ヒロインの可愛さを少しでも感じていただけたなら幸いです。ＳＮＳ毎日見てるので感想とか呟いていただけたら嬉しいです。二巻でもお会いできることを祈っております。

叶田キズ

無防備かわいいパジャマ姿の美少女と部屋で二人きり 1

2024年2月1日　初版発行

著者――叶田キズ

発行者―松下大介
発行所―株式会社ホビージャパン

〒151-0053
東京都渋谷区代々木2-15-8
電話　03(5304)7604（編集）
　　　03(5304)9112（営業）

印刷所――大日本印刷株式会社

装丁――AFTERGLOW／株式会社エストール

Printed in Japan

ISBN978-4-7986-3407-4　C0193